日本名城紀行 5

今官一
黒岩重吾
井出孫六
藤本義一
南條範夫
田中澄江
豊田有恒
富士正晴

SHOGAKUKAN

Classic Revival

目次

弘前城

今官一

こん・かんいち

１９０９年～１９８３年。太宰治、檀一雄らと同人誌「青い花」を創刊。56年、「壁の花」で直木賞受賞。

城の地ならし

むかし、わたしたちが五つか六つの津軽の幼童だったころ、わたしたちの祖父や祖母や、そういう年代の津軽の年寄りたちは、弘前城の成り立ちについて、「お城は、為信さまが地ならしをし、二代目さまが家建てて、じょっぱりさまがお庭を造り、四代目さまが、桓根をめぐらした……」のだとわたしたちに教えていた。

しかし、じっさいに弘前城を建造したのは、津軽家の二代目藩主信枚であった。慶長十五年（一六一〇）の「六月朔日　甲戌日の己午刻から、高岡の城を築きはじめた」と信枚自筆の日記には書いてある。そして翌十六年の五月に「高岡城がおおかた完成したので、堀越から引き移りの儀式を行なった」（前掲日記）とある。

高岡というのが、現在「弘前城趾公園」として開放されている地域で、城ははじめ「高岡城」「高岳城」「鷹ヶ岡城」「鷹揚城」などとよばれていた。「弘前城」に改称されたのは、寛永五年（一六二八）の八月二十日からで——元和五年度（一六一九）の「耶蘇会年報」には、ポルトガルの宣教師パードレ＝ジダコ＝カルワリオが、商人和田勘右衛門と変名して、津軽藩の「殿の城下で追放切支丹の住んでいる《タカヴォカ》に潜入し、切支丹のなかで第一流の人の宅に泊まった」という報告があって、そのころではまだ津軽藩の殿の城下は「高岡」であった。

高岡が城地にえらばれたのは、西に岩木川、東に土淵川が流れ、津軽平野の中心にあって、はるかに三方を山々に囲まれた台地（海抜五〇メートル）になっていることが、津軽統一に便利だと思われたからで——これに着目したのは、津軽家初代の藩祖為信であった。

彼は津軽全域を東に西に、北に南に転戦して全土を平定し、豊臣秀吉が伏見城に入った文禄三年（一五九四）ごろからは、高岡の南約四キロのところにあった堀越城を拠点に活躍していたが、津軽一統の事業が完成すると、新しい政治経済の中心地としてこの地をえらび、大規模な城郭の建造を計画したのであった。そして慶長八年、徳川家康が征夷大将軍となって、江戸幕府を開府するや、ただちにプランを練って、高岡の地割り、町割りの青写真をつくり、幕府に築城の許可を求めたのである。

しかし、江戸もそのころは城地造成のために神田山を崩して江戸湾を埋め立てるなどという大工事で、てんやわんやであった。許可はいっこうにおりなかった。地方藩族の申請などに目をとおしている暇などなかったのかもしれない。三年待って、待ちきれなくなった為信は、ついに慶長十一年五月、奨励策として高岡に移住するものに対して飯米・材木の支給を開始した。故老がわたしたちに教えた「為信さまの地ならし」は、このようにして始まって、そうしてこのようにして終わった。その年の十二月二十日、彼は京都で、五十八歳の生涯を閉じたからである。

最初の城主

「二代目さまが、家を建てた」のは、それから五年後のことである。そのころになって、やっと幕府の許可がおり、検使の検分もすんだからでもあるが——為信のあとをだれが継承するかで、すこしばかりお家のごたごたがあったからでもあった。信枚は、為信の三男であったが、長男の信建、次男の信堅が夭折して、すでに世になかったのと、為信の遺言があったことで、二代目を相続したのだが、為信の娘富姫の婿の津軽左馬之助建広というものが、信建の子の熊千代という当時九歳の子を「嫡孫なり」として擁立し、幕府に訴えたのだ。しかし幕府は、建広を追放しただけで一件を終わらせた。ただでさえ新規築城と家督相続には規制のうるさかった幕府が、そういういざこざにもかかわらず、すんなりと「信枚の築城」を許したのは、家老服部長門守康成の陰の力によるものだろうといわれている。

「服部長門——もと甲賀忍の達人。為信公の英名を慕い来たりしが、才謀のものにて、しかも忍の術に妙を得たりしかば、公はおおいに労った」と、津軽藩の旧記には出ている。

慶長五年（一六〇〇）の天下分け目の関ヶ原の合戦で、為信は二千の軍勢を率いて駿河（静岡県）に着き、徳川の味方となって美濃（岐阜県）大垣城の攻撃に参加して、軍功をたて、はじめて四万七千石の外様大名になったのだが——「これみな服部長門が忍の術に功あるによって、敵情を謀知し、勝利を公（為信）に奉り、ここにおいて神君、公をもって抜群の功となし給う」とも旧記には出ている。

これでみると、「抜群の軍功」で、ポンと為信さま四万七千石イタダキのようにみえるが、じつは、それまでの自前の四万五千石に、二千石加増されただけである。「抜群」で二千石だから、この軍功、為信さまにとって、あまり分のいい話ではなかったようだが——服部にとっては、この合戦、バッグンに分のいい仕事になっていたようである。

「服部長門、このたびの軍功によって、家康公より御名の一字を賜わり、康成と改む」とか、「為信公は段々に御取り立てにて、千石高となし下され、御家老職仰せ付けられた」などとあって——「慶長十三年、信枚公二代目を継承あそばされて、入部（お国入り）のさいに、公儀（幕府）よりとくに御指名で御後見役を仰せ付けられ、公儀より千石、お国より千石、都合二千石下賜された……」とも記されている。為信・信枚とつかえ、このあと服部は、三代目の信義にもつかえ、もっぱら藩と公儀のなかにたって政治・外交的手腕を発揮し、この「じょっぱり殿さま」に「小父、小父」と慕われながら、寛永十二年（一六三五）七月二十一日、波瀾に満ちた忍者家老の伝奇的な生涯を終わった。

墓は禅林、西茂森町の安盛寺に現存するが、苔むした五輪塔に「安盛寺殿機応道鑑大居士」と刻まれている。功あって功に報いられざるが、忍者の道だといわれているが、長門はどんな忍法を用いたのか、旧記のこのことに言及するものも少なくて詳らかではないが、忍者としても、また家老としても、異例の材幹だったことはまちがいないようである。康成という名が、そもそもノーベル賞ものだったという悪洒落(わるじゃれ)から、カルワリオが高岡(たかおか)で一夜を明かした屋敷の主の、「第一流の人」こそは服部長門だったという説まで、その人物を語る神秘と伝説は今日もあとを絶たない。

二代目さまは、こういう御後見役につき添われてお国入りをし「家を建て」、そうしてその家での「最初の城主」になったのだった。

お庭つくり

ここまでは、わたしたちが故老から歌うようにして教えられた、弘前城(ひろさきじょう)の成り立ちと、ほぼ筋書きは同じである。しかし、その後、わたしたちが史書を読み、史学者に傾聴して得た精説では、「じょっぱりさま」は「お庭を造」らなかったし、「四代目さまが、垣根(かきね)をめぐらした」りもしなかった。

お城だけではなく、お城やお城下の町にふさわしい施設や、政治経済の中心地にふさわしい津軽(つがる)領土の全般にわたるさまざまな施設を造成したことを、「お庭」や「石垣」にたとえて、故老たちは幼童たちに教えたのではないだろうか、という考え方もあったが、それらのほとんどは、二代目さまが、ほぼ完了しつくした。

軍事的防御を主点とした城下町から、領国全般の軍事・政治・経済・文化各方面の機能的な中心となる城下町に飛躍するために、高岡(たかおか)の都市計画は、とくに二代目信枚(のぶひら)の意を用いたところであった。近在の寺院堂社をすべて城下へ集中したのもそのひとつであり、信枚はこれによって農村の経済力が寺院に吸収されるのを防ぎ、祖先をまつる寺社を城下に集中することによって、精神的な統一をはかっただけではなく、大きな建物と広い境内が軍事上おおいに役立つことに着目して、その配置・統合に心を砕いた。

藩主の菩提寺(ぼだいじ)長勝寺(ちょうしょうじ)を中心に三十三の寺々を集めて一郭とした茂森禅林(しげもりぜんりん)は、それ自身一個の城砦(じょうさい)の役割をもって配置されていた。本城がおちいれば、ここはただちに第二の城となる設計で、城下とは土居と濠とで区切られ、その出入口には桝形が設けられていた。

いまここは、弘前城の城郭とともに特別史跡「長勝寺構」として保護されているので、信枚の都市計画の一端を、なにほどかしのぶことができる。その外に城下内の街路が、基本的には碁盤目状に区画されているが、それがいくつかのブロックごとにあって、ブロックとブロックの間は交差点がくい違い、直交しないように配慮されているのも、信枚のときに設計されたものである。それは、そのくい違った曲がり角に伏兵を配置して、敵の進行を混乱させるという軍事上の目的から出たものだといわれている。そうして、なによりも注目される信枚の「庭造り」のひとつは、外ヶ浜の善知鳥村に、大型船の出入りの可能な港を造り、これを太平洋海路の基地としたことであった。「寛永元年（一六二四）青森開港」と記録には出ている。お城だけではなく、信枚は「お庭」を大海にひろげたのだ。

したがって三代目さまには、もう、やることがなにもなかった。西浜・鰺ヶ沢の大森村や、湯治場の大鰐温泉や郊外の青柳村に別荘を建てて、お妾さまを囲ったぐらいがせいぜいであった。記録に「正保元年（一六四四）、城下南に防風のため杉を植える」「慶安二年（一六四九）、十三湖湊口の切替工事をした」「翌三年、国境に近い西南山岳地帯の寒沢に尾太銀山を開いた」などとあるが、こういう開発・工事のほとんどが、二代目さまがやりかけて残していったもので、三代目さまの創意はなかった。三代信義の名で、後世に記憶されているものは、妻妾十八人の暴君であったことと、子女三十九人の酒乱の父親であったことと、「じょっぱりさま」という異例の悪名だけである。

情張り殿さま

三代目さまのことを、わたしたちに教えた故老たちもそうだったが、どういうわけか津軽では「じょっぱり」よばわりしてきたが、本来「じょうぱり」というのは、強情(ごうじょう)っぱり・意地っぱりのことで、信義(のぶよし)のような性格の人物に適用すべきことばではない。頑固(がんこ)で強情で意地っぱりだということも、酒乱で短慮な暴君のひとつの資格にはなるだろうが、旧記・史記伝の伝えるかぎりでは、信義はむしろ、津軽方言の「からきじ」に適する人柄だったように思われる。

「からきじ」というのは、短気で癇癪(かんしゃく)もちで多少わがままな性格の人たちのことをさすことばで、大人の場合は、これにヒステリックな行為・言動もふくんで用いられ——子どもたちの場合は、これに無知と弱体を加えて、「だんじゃく」(惰弱)で「ごんぼほり」(泣き虫)な子どもだなどといいならされていた。「じょっぱり」に、「からきじ」のからむ場合もあるが、信義の場合は、どちらかといえば、幼児的な「だんじゃく」に「ごんぼほり」がからんで、大人的な「からきじ」の表現になり、ときおりヒステリックな言動を暴発していたように思われる。津軽家の日記や、家臣たちの家々に伝わる「家記」「文庫」のたぐいに語り残されている「じょっぱりさま」の御乱行、悪行、非業のおおかたは、たんなる酒乱と断定してさしつかえないようなものばかりで、

「されど酒気のなかりし時は、理非のはっきりとした、仁恵深き君にてましましけり」などとつけ加えているのがほとんどである。

それで、どんなことをしたかというと「不調法をなしける人あれば、即座にお手打ちになされた」というだけだ。あとあとに残る文書だから、そういうふうにしか書けないのかもしれないが、これだと、ちと御酒乱の気のある、わがままな殿さまだったというだけのことである。そうやって、どれだけの人がお手打ちになったのか、そういう記録はひとつも残っていない。久祥院さまという、信義の数あるお妾のうちでも「お世継ぎさま（四代目信政）」を産んで、世に時めき給うた方がおられたが、このお方の聞き書きに「指を噛み切られた」とあるのが、唯一の残された流血の記録である。

「ある夜、御酒宴に度を過ごされた殿さまが、例によって御気象あらあらしくなられ、さてさて今晩は胸わるきことかな、だれかあるとお声はげしくならせ給うたので、妾深く心配いたし、いろいろお慰め奉るとも、さらに和らき給わず、妾を睨んで仰せられ給うは、なかなかに胸わるきこと極まりなければ、その方の指にても噛みたらば、如何にやとの給う故、いとも易き御事なりと縁へ出て、うがい手水をつかい、塩をもって指を浄め、静にお側へ進み、左の手をつきて謹んで右手を差し上げるに、その指を噛み切って御口中より血は滴りてお膝の上へ落ちこぼれたれば、嗚呼はやと仰せられて深く御後悔し給い、今夜はさてさて悪しきことをしたり、許してくれと、かえしがえしお詫びなされて、奥へ深く入らせ給いける……云々」と『棟方貞敬抄録』という文書に出ている。なんとなく「愛のコリーダ」を思わせるエピソードだが、これが「じょっぱりさま」の御乱行のマキシマムだったのではなかろうか。

非常に学問好きで、文芸を愛し、暇があれば絵をかいたり、藩士に歌道を奨励したり、お酒が入らなければ、いい殿さまであった。したがって「御乱行」は、デマだったかもしれないという説もあるようである。

乱行デマ論

それというのは、この殿さまにも、家中の内紛が一生ついてまわっていたからである。そうして、それは「お国入り」のその日から始まった。信義は十五歳で跡目を継いだので、お国入りには、幕府の差しがねで、後見に船橋半左衛門という新参者の江戸侍がついてきて、これがそのまま用人に居座った。船橋は幕府の老中と親しいことをカサにきて、なにかと江戸ふうをひけらかし専横をきわめたので、譜代の家臣は快く思わず、家中は二派にわかれて抗争がたえなかった。

お国入りは寛永八年（一六三一）で、五年後の十三年には、家臣殿中に相乱れて斬り合うという騒動にまで発展している。服部長門が健在だったので、まあまあで一件は落着したが、その根は生涯ながく尾を引いていたようである。

それともうひとつ。信義は二代目信枚の嫡男ではあるが、側室曾野（重臣杉山八兵衛の姉）の子で、正室満天姫さま（徳川家康の姪）の子ではなかったことである。満天姫さまにはながいこと子どもがなかったので、曾野さまに信義が生まれたとき、喜んでこれを養子にし世継ぎとして、幕府に届け出たが、おかしなもので、その翌年になって、いままでできないものとあきらめていた満天姫さまに、突然、男の子が生まれた。これが、のちに津軽十郎左衛門信英として、支藩、黒石藩の藩主になるのだが、正室の子であることと、将軍さまの血もちょっぴりまじっているということで、家中の信義を見る目がすこしばかり違ってきた。信義にしても多少のコンプレックスはあった。

そういうコンプレックスが、信義の乱行をそそったのだという説もあるくらいで、それだとすれば、太宰治ではないが、乱行の罪「誕生のときにあり」「生まれてすみません」ということになりそうである。しかしコンプレックスが生んだ乱行が、ついに反乱を生んだとすれば、「乱行デマ説」も、まんざら拠りどころのない説でもなさそうに思われてくる。

反乱の首謀者は、三弟信隆で、これに杉山八兵衛、家老北村久左衛門・青木兵左衛門が加わった。主旨は信義を排して、十郎左衛門信英を藩主に擁立しようというものであった。陰謀は北村家老の裏切りで事前に発覚し、それぞれに捕えられたり、切腹させられた。これについても、身内にまで見切りをつけられたのだから、よっぽどの乱行だったのだろうといいふらされたが、これらの反対派のなかで信義の身内といえるものはひとりもいない。みんな信英側の身内で、しかも重要メンバーである北村家老に裏切られているのだから、こういう風説も排斥派のデマとみてよさそうである。事件はいちおう片づいたが、根は生涯切れなかったようである。

晩年、信義が長わずらいで療養臥床して『愚詠和歌集』などという歌集をつくったりして、うさをはらしているときでも、城中では「当番出仕は楽ではない。いつお手打ちがあるかもしれないので、家内と水杯を交わして出勤する」などという囁きが絶えなかった。

信義は中院通茂卿の門人で歌道にもすぐれていたが、絵筆にも達人であった。

春の花秋の紅葉もいかでかは
終のあらしにあわで果つべき

というのが信義の辞世の歌として伝わっている。そうして長わずらいのはてに、江戸の浜手御屋敷で三十七歳の若い生涯を終えられた——時に明暦(めいれき)元年(一六五五)。遺骨は上野津梁院(うえのしんりょういん)に葬られ、釈号は桂光院(けいこういん)……云々と旧記には記されているが、これにも「暗殺説」というのがあって、一生「じょっぱりさま」の宿業は果てることがなかった。

殿さま暗殺説

じょっぱりさまは暗殺されたのではなかろうかとの論議が、急に火を吹き出したのは、昭和二十九年ごろからである。四代目信政公が不運で悪名高かった父信義の冥福を祈って襲封の翌年（明暦三年、一六五七）、弘前市内新寺町に建立した桂光院報恩寺（弘南鉄道弘高下駅下車）が、この年、弘前高校のグラウンド拡張のために墓地を切り売りすることになったので、信義以後、ここを菩提所としていた代々の殿さまたちの遺骨を掘りおこしてすべて長勝寺に移してしまった――が、そのとき、信義の墓から骨壺いっぱいの骨だけが出て、頭蓋骨がなかったところから、首だけ切り離されて江戸に葬られ、遺骸は弘前へ運ばれたのだろうという推理が成り立って、さては暗殺かと騒ぎ出したのだった。そういうやり方は、従来の分骨にはなかったからでもあるが、これまでにもしばしばあった「暗殺説」の、いかにもそれが裏づけになるように思われたからでもあった。

すべて異例ということが、この殿さまの特色であるが、代々弘前城の城主となった十二人の藩主のなかで、殉死者四人というのも、この殿さまのほかにはない。めったに津軽藩では殉死ということをしなかったが、あっても三百年を通じてひとりかふたりで、信義にだけ四人という記録が残っているだけである。こういうことも暗殺説の底流となっていた。

山本三郎左衛門安次・石郷岡得左衛門成重・木村杢之助明清・都谷森甚之丞政次というのが四人の殉死者で、山本は、御児小姓として君側につかえ、二百石をもらっていたが、公の病勢不穏なるを聞いて上京し、日夜看病につとめたが、明暦元年十一月二十五日、公が逝去されたので、翌二十六日、津梁院で追腹(年二十四歳)したと「山本家由緒書」にはある。

石郷岡は百石取りの御徒目付で、これは翌月十二月八日に長勝寺で追腹。都谷森も百石の御徒で、同二十五日、同じ長勝寺で殉死。最年長は木村の三十六歳で、これは二百石取りの御小姓上がりの御近習役。公の死後、十二月七日にお国帰りをして、一件報告ののち、その夜「追腹之密書」を御年寄中にとどけて、八日未明、長勝寺へ赴き切腹したが、これには介錯人もついていた——というので、暗殺の任にあたった連中が、殉死のかたちで切腹させられたのだろうといわれている。

彼らの墓は、長勝寺の信義公御霊廟の傍らにある。すべて一族。排撃派も正室派もおしなべてここの杉木立のなかでいまは安息の日々をおくっているが——それにしても、「じょっぱりさま」を「じょっぱり」に追いつめたものは、なんだったのだろうか。彼を切支丹に見たて、その禁圧が津軽でももっとも激烈さを加えた寛永十七年（一六四〇）ごろから、その非行・悪行がにわかに始まったと考えている学者もいる。その説によれば服部長門と、「愛のコリーダ」の久祥院さまだけがその苦悩を知っていたというのである。どんなに苛立ち荒れ狂っても、このふたりにだけは生涯「じょっぱりさま」は「じょっぱり」をしなかった。そしてその死は暗殺でもなく病死でもなく、服毒の自殺であったというのである。看病の山本が殿の求めをいれて泣く泣く投薬したと、その説ではいっている。そうなると、久祥院さまの愛の献身も生きてくる。
伝説としてわたしはこの話が、いちばん好きである。

岐阜城

黒岩重吾

くろいわ・じゅうご

1924年〜2003年。60年、「背徳のメス」で直木賞受賞。他に「我が炎死なず」「さらば星座」「天の川の太陽」など。

織田信長雄飛の居城

美濃（岐阜県）の岐阜城の歴史は建仁元年（一二〇一）、二階堂行政の築城ではじまる。のち、後小松帝の応永十九年（一四一二）、美濃の守護代斎藤利永が、これを修築し稲葉山城または金華山城とよばれるのだが、当時のこの城はまだ砦塁程度のものであったらしい。利永は文安二年（一四四五）、加納の地に城を築いて、ここを平時の居城とし、稲葉山城は物見砦にしか使用していないからである。

永正十七年（一五二〇）、斎藤利隆がさらにこの城に修築を加えた。

しかし、稲葉山城が近代的城郭としての体裁をととのえるのは十年後の天文八年（一五三九）である。西村勘九郎、つまりのちの斎藤道三がこれを奪い、あらためて縄張りして、大改築造を行なってからである。

ついで永禄十年（一五六七）八月、織田信長が斎藤龍興からこの城を奪い天下布武の旗をあげるのだが、信長もまたこの城に大修築を加え、このときから稲葉山城は岐阜城とよばれるようになった。

岐阜の名は信長がこの地に移ったとき、僧沢彦が——中国古代の周王朝ははじめ西方の岐山という地方の諸侯であったが、これが興り立って殷にかわり王となった——という周室勃興の故事にちなんで命名したといわれている（『岐阜山記』）。また一説では岐阜の名はこの地に古からあったものだともいう（『濃陽諸士伝記』）。

いずれにしても、この城の歴史は古く、道三以後は戦国時代まれに見る巨城であったことは否定できない。また織田信秀・信長父子が、道三・義龍・龍興三代が守ったこの城を攻めること前後七回に及んだにもかかわらず、改造しつづけ、けっきょくは武力だけで落とすことはできず謀略をもってした、という事実からみても、この城の堅牢さが当時どれほどのものであったか知れる。おそらく戦国の城地としては屈指のものであったろう。

それに信長はまた大修築を加え、この地を岐阜とよび、城を岐阜城と改めたのである。

岐阜城の規模や結構を詳細に告げる記述は現在残っていないが、永禄十二年四月、この地を訪れたルイス＝フロイスが本国に送った書翰によれば、

――ポルトガルから印度を経て日本に来るまで、わたしは多くの城砦を見て来たが、これほど精巧・美麗・清浄なるものはいまだ見たことがない。

規模の壮大さも想像を絶するものである。信長は金華山の山麓槻谷に邸宅を設け、平時はこれに住んでいるが、この邸宅は長大な石塀で囲まれ、構造上の美麗さもさることながら、その堅牢さはおどろくべきもので、塀内の敷地もゴアのサバヨ（ゴア君主の宮殿で当時ポルトガルの印度総督邸）の約一・五倍、入口には宗教の儀式および公の祝祭に用いる劇場のような巨大な館があり、その主殿も四層の建築が、第一階には二十畳ほどの広さの座敷が十五、六室ほども並び、襖の締め金や釘等はすべて純金である。

これが広大美麗な庭園で囲まれ、山上から水を引いた数々の池の底には、雪のような白砂が敷かれ、池畔には花々が咲き乱れている。

二階は王妃の休憩室とその侍女である婦人たちの居室だが、その調度結構は一

階よりはるかに華美でありまた贅をきわめている。座敷には金襴の布を張り、縁および望台までそなえられている。

三階は閑静な茶室づくりで、その巧妙静寂のありさまは筆舌につくしがたい。四階の望台および縁からは町の一角と美しい庭園、山容が見渡せた。——

とある。

また山城については、

——山ははなはだ急峻で城の入口には一種の胸堡があり、武士十五人もしくは二十人が昼夜をわかたず、ここを守備している。城にのぼれば、入口のつぎに二、三の広壮の座敷があり、ここには信長公の領国の大小名の息子である、年齢十二歳から十五歳ほどの少年武士が群がりつめている。

信長公はこれらの少年武士を外部の用に使い、内の使いには侍女を用いるため、これより奥は役目あるもの以外は入ることは許されない。

天守閣の望楼に上れば、美濃、尾張（愛知県）の国の大部分が見渡せる。——

と記している。

岐阜城の規模壮大さがおよそ知れよう。

このような巨大な城地を信長がこの地に築いた理由は、城のあった金華山が標高三三八メートル、全山が古成層の角岩と青苔でおおわれていたうえ、緑樹繁茂し、城の北端は断崖となって長良川の急流がそのすそを洗い、東西はおおむね急坂絶壁で、南は権現山・瑞龍寺山に連なるという天然の要害であったためもあるが、この地は古来わが国のいわば心臓部にあたり、戦略上の要地でもあったからである。

大和王朝時代には、東山道をひらく東国をおさえるため、この地には三関の一、不破関が設けられていたし、鎌倉幕府の政所執事であった二階堂行政がこの地に城を築いたのも、美濃・尾張の豪族らを監視するとともに、この戦略上の要地を、西の勢力をおさえる幕府の前進基地とする意味あいもあった。壬申の乱から関ヶ原の合戦にいたるまで、この地でくり返された数多くの戦闘の結果がそれを証している。後世、関ヶ原の合戦の直前、岐阜城が落ちていなかったら、天下の形勢もまた変わっていたかもしれぬといわれるゆえんである。

しかし、城郭の真の価値はその殿舎の美にあるのではない。城の価値はあくまでも塁と堀とその形態との配置、つまり曲輪（くるわ）の按配（あんばい）の妙にある。

この点、岐阜城はほとんど完璧（かんぺき）な城といっていい。守るに人さえ得れば、まさに難攻不落の城である。それが関ヶ原の決戦の二十日前という東西両軍にとって、まことに重要な時期に、なぜ、落ちてしまったのであろうか。このとき、岐阜城の主は織田中納言秀信（ちゅうなごんひでのぶ）であった。

乾櫓の伝説

織田中納言秀信（おだちゅうなごんひでのぶ）は、居城岐阜城の天守閣の勾欄（こうらん）にたたずんで沈思していた。天下分け目の関ヶ原の大合戦を数旬ののちに控えた慶長（けいちょう）五年（一六〇〇）夏のことである。

石田三成を首将とする西軍はすでに伏見城をおとしいれ、守将鳥居元忠を殺して東下、大垣城に入り、福島正則・池田輝政らを先遣部隊とする東軍は清洲城にすでに入って戦機をうかがっていた。家康はまさに江戸を出発せんとしている。しかし西軍に味方することを決めた秀信の運命はまた岐阜城の運命でもあった。秀信は、勝負はいずれに決するか——と天の星を仰いでおのが運命を占っていたのではない。

秀信の双眸は岐阜城の西北端の断崖の上にそそり立つ三層四階の乾櫓をくい入るように見つめていた。

伊吹山頂にのぼった人魂のようにぼやけた赤い月が乾櫓の黒塗りの唐破風を無気味に照らし出し、なま暖かい晩夏の風が秀信の頰を音もなく撫でて吹き過ぎてゆく。

秀信は勾欄にたたずんだまま頭をめぐらした。

乾櫓から太鼓櫓・硝薬倉・二の丸・兵糧倉と数々の館櫓が広大な城内にそそり立ち、鬱蒼たる出丸の樹林の向こうには城の北端の断崖のすそを洗い、東流する長良川の急流が見える。むせび鳴くように乾櫓の唐破風が鳴っていた。秀信には、その音が酷く不吉に思えた。

乾櫓は天文八年（一五三九）、斎藤道三の手により、築造されたものといわれているが、この櫓は当時から不吉なうわさがつきまとっていた。

大修築の縄張りをした工匠清水某が普請完成後、鬼門よけの生贄として城の艮（東北）の松林の土中に埋められたことからこの不吉なうわさは発していた。

しかしこれは当時としては特別、目新しいことがらではない。築城または城郭の改築にたずさわったものは普請作業終了後、城地の秘密をにぎるものとして抹殺されるのがその運命であった。抹殺されず、さいわい、生命をながらえたとしても、自由は奪われ城外に出ることは許されなかった。清水某もそういう工匠のひとりだったのである。

しかし彼は黙しておのが運命に甘んじることをせず、抵抗し、がんじがらめにされて土中に入れられたうえ、

「永代この地に祟ってくれるぞ」

と最後までわめきつづけた。

斎藤道三という男は一介の油売りから美濃(みの)の国主にまで成り上がり、蝮(まむし)とよばれたほどの酷薄・非情の男であった。そのため、このうわさは生まれたのであろうか。ちなみに『武家盛衰録』や『両度軍伝来譜』などの諸記は、

「……道三・義龍(よしたつ)・龍興(たつおき)三代の間は、小者のものさえ水牢に入れられ、或(あるい)は火あぶりにされ、道三などはこの極にして、悪逆無道、歴々たる武士の妻妾(さいしょう)を奪い、意に従わざれば、火あぶり、水あぶり、水に溺(おぼ)らして殺し、大いなる釜(かま)に入れて煮る。子女は衣裳(いしょう)をはぎとってさらし、はりつけと為す。あさましきこと言う限りなし」

としるしている。

この記録に誇張はあるとしても、道三はやはり国人や諸士に愛されていた主君とはいえまい。工匠清水某の生き埋めの一件もおそらく事実であったろう。そして、うわさどおり、稲葉山(いなばやま)城には、のち、織田信長(のぶなが)がこれを奪い岐阜城と改めてからも不可解な怪異・異変が相次ぐ。

そのひとつは乾櫓の鳴り物である。

まず義龍が弟の右京亮龍重と玄蕃允龍定とを稲葉山城で謀殺する前夜、この乾櫓が鳴動し、唐破風が蕭条と鳴った。つづいて、道三が、長良河畔中の渡しで、義龍の軍勢と戦って敗北したとき、また乾櫓は鳴動したのである。

このとき道三は義龍の前軍の将竹腰道慶を討ちとったが、数刻ののちには兵の大部分を失い、乱戦のなかを小野に退き、しばらく休息したのち、再度長良河畔にもどって勇戦したのだが、多勢に無勢、旗本まで討ち崩されて、敗走した。これに気づいた義龍勢は、「逃さじ」と追った。日暮れの薄闇に乗じて道三はただ一騎、城田寺さして必死に馬を奔らせた。これ

長井忠左衛門道勝・小牧源太・林主水らの猛者たちがこのなかにいた。長井忠左衛門は「杉先」とあだ名された勇士である。

戦のとき、敵陣間近になると、勇敢なものは恐れず突進するが、怯者は足が鈍るため、隊形は自然、杉の木形になるのであるが、長井道勝はつねに杉の木形の尖端を走ったのでこのあだ名がついた。

長井はまっしぐらに道三に追いつき、槍の一薙で道三を馬上からたたき落としておどりかかった。しかし、首を掻こうとして、冑頭を捻じ曲げ、顔を見たのが不覚だった。かっと目を剝き、長年主君と仰いでつかえてきた道三の顔を見て、思わず張りつめた気がゆるんだ。すかさず、道三は、長井をはねのけて脇差を抜き放った。そこへ疾駆してきた小牧源太が、ござんなれ！　とばかり薙刀を振って脛を斬り、林主水がおどりかかって首を斬ったのである。

義龍は道三の首を見るとつばをはきつけてわめいた。

「鼻をそいで、うち捨てい！　姦賊め」

命令どおり道三は鼻をそがれて長良河畔にうち捨てられた。だがその首は、ひそかにもどった長井忠左衛門によって、土中に葬られた。そのとき、忠左衛門は道三の首が、ひと言、

「乾櫓」

とつぶやいたのを聞いたという。

その他、稲葉山城にまつわる怪異は枚挙にいとまがない。道三から織田秀信に

いたる十代七十余年のこの城の歴史で、歴代の城主のうち九人までがいずれも非業の死を遂げているのはいかなる理由によるものであろうか。

道三はおのが嫡子義龍と戦って敗死し、義龍はまた癩を患ったうえに、永禄四年（一五六一）五月、不可解な死を遂げ、そのあとを継いだ龍興は信長に攻略されて美濃を追われ、天正元年（一五七三）八月、越前国（福井県）刀根の合戦に朝倉勢に属する一部将として出陣し、名もない雑兵に首を掻かれて死んだ。このとき龍興は二十七歳だった。

稲葉山城が岐阜城の名でよばれるようになったのは永禄十年九月、織田信長が龍興を追ってからである。信長はこの岐阜城に在城九年、天正四年、安土に城を築いて移ったが、安土移築後、本能寺で明智光秀に襲われて、二条城の嫡子信忠とともに憤死している。同年この城に入った信忠の弟織田信孝は明くる年五月、柴田勝家と結んで兵をおこし、秀吉に攻められて開城、みずからは尾張内海にて切腹。秀吉はこの城を池田恒興にあたえた。

恒興はみずからは大垣城にもどって、岐阜城は嫡男元助をして守らしめたが、天正十二年四月、元助は父恒興とともに長久手に戦って死んだ。

以後は元助の弟輝政が大垣から岐阜城に入り、同十八年九月、三河に移封されるまで、六年余在城したが、死なかったのは、この輝政だけである。ついで十九年三月、この城の城主となったのは、秀吉の養子羽柴（小吉）秀勝だが、秀勝は第一次朝鮮の役中に陣中で不可解な死を遂げた。

織田秀信が岐阜城に入ったのはこの年だが、弱冠十一歳の秋である。

秀信は本能寺の変のとき、父信長とともに殺された織田信忠の嫡男で、幼名は「三法師」という。

事変後、ただちに山崎の合戦で明智光秀を敗亡させた羽柴筑前守秀吉は、山崎の合戦の論功行賞と、織田家の後嗣を決めると称して、天下の諸大名を集めて清洲会議を催した。信長の三男三七信孝を推す柴田勝家と、長子の嫡男が正当の後嗣であるとして三法師を推す秀吉が、真っ向から対立して、揉めに揉めた。しかし同じ織田家の宿老丹羽長秀が秀吉に味方したことによって、勝家は、いまは秀吉風情と争う機にあらず、猿め、いまに踏みつぶしてくれるぞ、と無念をのんで秀吉の主張を入れたのである。

敷地問題は信孝は美濃、次男信雄は尾張、三法師は織田家の後嗣と決められたが、このとき彼はわずか数え年三歳であったため、近江佐和山二十万石をうけた堀秀政が蔵入り（会計）を扱うこととして、安土に住み、台所料二万五千石を支給されることになった。

秀吉は播磨（兵庫県）のほかに丹波（京都府・兵庫県）を加え、それまでの居城長浜城は柴田勝家の養子勝豊に譲り、丹羽長秀は敦賀、池田恒興は大坂とそれぞれ秀吉の手加減で加封された。

また、信孝と信雄は三法師の後見人となり、柴田勝家・羽柴秀吉・丹羽長秀・池田恒興の四人が交替して京都所司代をあずかり、政務を決裁することになった。が、このとき事実上秀吉の覇権は決まったといえる。

このあと、信孝は秀吉をのぞこうと安土から三法師を迎えて岐阜城に入れ、勝家と結んで岐阜で挙兵した。秀吉はただちに二万の大軍をもって岐阜城を包囲した。

しかし、勝家の不運は北陸の降雪が例年より早く、大積雪のため南下することができなかったことである。ために、伊勢の滝川一益が、一時和睦して春まで待つようひそかに信孝にすすめた。

陽春三月、北陸の雪解けとともに、勝家は信孝・一益らとはかって、突如、兵を出し、みずから一万五千の兵を率いて江州(滋賀県)賤ヶ嶽まで出陣した。信孝は岐阜城でふたたび反旗をひるがえしてこれに呼応したのだ。

秀吉はすぐさま安土に人質としてとめ置いた信孝の母、妻子とも六人全部を殺したのち、岐阜城を包囲、賤ヶ嶽に勝家の軍を迎え撃った。結果、天正十一年(一五八三)四月十一日、勝家は敗れ、越前北ノ庄城で怨みをのんで自害し、信孝もともに滅んだ。

あくる天正十二年三月、信雄も家康と結んで秀吉打倒の兵を挙げたが、小牧・長久手の合戦ののち秀吉と和睦した。

翌十三年、秀吉は関白となり豊臣の姓を賜わり、太政大臣にのぼり、位人臣をきわめる身となったが、この間、秀信は、岐阜から安土へ、安土からまた京の宝城寺へと移されている。

秀信が秀吉の手で羽柴秀勝の娘、於苗とめあわせられるのは天正十九年、彼が十歳の春である。あくる年、秀勝が第一次朝鮮の役の陣中で没すると、秀吉はいまだ十一歳の秀信に岳父の居城である岐阜城をあたえた。

こう書くと、幼くして父を失い、さらに形式上は養い親である秀吉にその肉親をつぎつぎと殺されていった秀信の幼年時代は悲惨ともいえるが、事実はそれほどでもなかったらしい。本能寺の変のとき、彼はまだ数え年三歳だったのだから、肉親の顔も覚えていず、その後の数年は秀吉の政争の具として、まるで貴重な生き人形のように扱われてきたため、いつのまにか、彼は癇性で華美を好むわがままいっぱいの貴公子に育っていたのだ。

岐阜城をあたえるときも、秀吉は木造左衛門尉具政・百々越前守綱家という歴戦の勇士を付家老として岐阜城に入れ、秀信には、だいじのときは前田玄以に助言を求めよ、といい聞かせた。

やがて秀信の官位は正三位中納言にすすみ、石高は十三万三千石、参議に任ぜられ、岐阜宰相とよばれた。この年、慶長五年には二十一歳の青年武将に成長していた。

この間十年——、秀信はおのが居城の歴代の城主たちの不吉な運命を知るとともに、乾櫓にまつわる伝説を聞かされていた。櫓が無気味に鳴動し、唐破風が蕭条と鳴るのを何度か聞いた。そして、この夜、八月十三日、彼はまた朧ろな満月の光を浴びて無気味に揺れ動き、唐破風を鳴らす乾櫓の蕭々たる鳴動を聞いたのである。彼がひとり、天守閣の勾欄に立ったのはこのためである。彼の胸中には鉛のような不安が沈み、その心情は、あたかも鳴動する乾櫓そのもののように揺れ動いていた。

おのれも、あるいは歴代八人の城主らと同じく、この城の不吉な運命に奔弄されて果てるのか、と目の前に黝々とひろがる濃尾の野を見渡して、秀信は、ゆうゆう眼を閉じた。

東軍が清洲城を出て、岐阜城に向かって直撃しはじめたのはこの夜明けである。

決戦前夜の岐阜城

慶長四年（一五九九）九月、石田三成と盟約して会津へ帰った上杉景勝はただちに領国の諸城郭を修理し、武器兵糧をたくわえ、道路橋梁の築造まで開始した。

家康は、豊臣秀吉が樹立した中央政権の大老として、これを中央に対する反逆とし、六月、駿府（静岡県）にもどり、翌七月はじめ、諸大名に会津討伐の軍令を発した。

織田秀信はこれを岐阜城でうけた。

しかし、秀信はこの晴れの初陣を美々しく飾るための軍装の準備に日時をかけすぎ、出陣の期日を逸してしまった。

この間、石田三成が挙兵したのだ。

三成はさっそく甥の河瀬左馬助を岐阜城に派遣し、

「ご助勢いただければ勝利の暁には、美濃・尾張の二国を差し上げる」

とこれを大坂城の豊臣秀頼の意向として秀信に伝えさせた。

秀信は二国の主となれると聞いて動揺した。

付家老木造左衛門尉・百々越前守の両家老はあわてた。秀信を東軍に味方させることは、当時すでに家康の腹心のひとりとなっていた京の前田玄以（京都所司代）と約定ずみだったからである。両人は、「秀頼公の御名をもってしておりますが、今回の佐和山からの便りは治部少（三成）の一存によるものに相違ございませぬ。かりに秀頼公の意向なりとしても、元来、豊臣氏は故信長公のご恩にそむき、織田家から天下を簒奪したものにございます。殿は信長公の嫡孫、秀頼公に叩頭する理由はあり申さぬ。これに反し、家康公は永禄・元亀のむかしから織田家のためにご尽力くだされており、信長公とは姻戚の間柄でございますぞ。殿、治部少の言なぞ信ずべきではございませぬ。それに加うるに天下はすでに家康公を中心にして動きはじめております」

と、時の勢い、天下の形勢をこまごまと説いて秀信の決心を迫ったが、秀信の心はなお揺れ動いて定まらなかった。

両家老は、

「では、それがしども即刻京へ馳せのぼりますれば、決定はともかく故太閤殿下のおおせられましたよう前田玄以殿にご相談のうえお決めくだされますよう」

と秀信にいい残して、ただちに京に向かった。

しかし秀信は、両家老の不在中、佐和山城に迎えられ、西軍加盟の約定を結んでしまったのである。

秀信が三成の使者に誘われるまま佐和山城におもむいたのは、寵臣入江左近・伊藤平左衛門・高橋一徳斎らが、

「いかに家康公といえども、東西に強敵をうけては、とうてい勝ち目はございますまい。お家を再興する機会はいまを逃してはもはや望み得ぬかと存じまする」

と説きつけたためである。

このときの彼らの言い分はたしかに一理あった。しかし秀信に、この機を利用して織田家を再興するという磐石の決意があったかどうかは疑わしい。ただ美

濃・尾張二国の主になれるという小欲に負けたような気がする。

初陣とはいっても、岐阜城をあたえられてから十年、このとき秀信は二十一歳であった。この間、おもなものだけあげても、小田原の陣（天正十八年〔一五九〇〕）、奥羽遠征（同年）、九戸の乱（同十九年）につづいて、文禄年間（一五九二〜九六）から慶長年間（一五九六〜一六一五）にかけては第二次朝鮮の役と戦はつづいている。彼はけっして泰平の世に人となった人物ではない。秀吉が秀信の出陣は許さなかったとしても、みずから乞えば戦見物程度のことは許されたはずだ。しかし秀信はそれすらしていない。

上杉謙信などは、父為景が没したとき、わずか七歳であったが、甲冑をまとって霊柩に従い、途中、葬列が凶徒に襲われるや、みずから抜刀して斬りむすんでいる。これを見て驚愕した侍臣のひとり芹弥七郎が、

「危ない！　和子、退かっしゃい！」

と抱きとめると、

「危ないといって戦わせぬほどなら、なぜ甲冑を着せた！」

と、いまだ七歳の謙信は身震いしてわめいたと伝えられている。

これにくらべて、秀信はどうだろう。織田信長という戦国の一大英傑の血をうけていながら、秀信には武人としての素質はまったくなかったといえる。武備に凝るというならともかく、初陣を美々しく飾るために軍装に凝り、出陣の時期を逸してしまったという事実もそのひとつだ。それとも岐阜城にまつわる不吉な運命が秀信にもまた祟ったのだろうか。——それはともかく、木造左衛門尉具政・百々越前守綱家の両家老は、京で「東軍につくべし」と再度、前田玄以に説かれて急遽、ひき返す途中、佐和山城に秀信が迎えられていると知っておどろいた。

両人は秀信を引きたてるようにして岐阜城に帰った。しかし秀信は両人が玄以のことばを伝えて、必死に翻意をうながしても、もうその決心はかえなかった。最早しかたがない、と両家老は城をあげて西軍に味方し、東軍を迎え撃つ覚悟を決めたのだ。かくて、岐阜城はこの城をめぐる合戦史上もっとも激烈・悲惨をきわめた防衛戦の坩堝と化す。

岐阜宰相織田秀信が手勢千六百を従えて、城下川手村に布陣したのは、慶長五年（一六〇〇）八月二十二日の早暁である。

この日の秀信は金色木瓜紋の旗を初秋の風にひるがえし、長柄の傘をさしかけさせ、まこと馬上絵のごとき武者振りであった。

木造・百々の両家老は二千五百の兵をもって米野村から中村へ布陣。石田三成の援軍二千は相原彦右衛門に率いられて伏屋の丘にのぼった。

木曾川をはさんでこれに対する東軍は、上流から右翼が池田輝政・浅野幸長、左翼が福島正則・加藤嘉明、中陣が黒田長政・井伊直政の総勢三万五千余。

まず池田・浅野の両勢が木曾川を押し渡り、百々越前守の率いる岐阜勢と河田堤で激突。つづいて、黒田・加藤・福島の諸勢が渡河進撃してきて、木曾河畔から川手村までの野に血煙があがった。

決戦数刻、岐阜勢はついに川手村の本陣を抜かれ、秀信は木造・百々にあとを守らせ岐阜城に退いた。

福島・本多・細川・井伊の諸隊がこれを追い、夕刻、東軍は岐阜城下までなだれ込んだ。やむなく秀信は諸将を城内に集めて持ち場を決め、最後の防戦を決意した。

あくる二十三日払暁、東軍は池田勢が水の手口、京極勢が百曲口、浅野・一柳勢が瑞龍寺山、井伊勢が権現山、福島・加藤・細川らの諸勢は七曲口より岐阜城総攻撃の火ぶたを切った。

先ず瑞龍寺山砦は浅野・一柳勢に猛襲されて抜かれ、石田三成の援兵を率いてこの砦にあった相原彦右衛門はみずから槍を取って戦ったが、一柳家の臣立花左門大夫に首を掻かれ、河瀬左馬助は樹間をくぐって本城へ逃れた。砦の守護軍は六百の屍を残して四散する。

本城大手門では、津田藤三郎が奮戦して、福島・加藤ら戦国歴戦部隊の攻撃をよく阻んだが、一刻（いまの二時間）後、藤三郎は討死、守備兵は潰走した。

三千の手兵を率いて、七曲口を守備していた木造具政は、城下の街々に放火して城を裸城にしたあげく、なだれをうって押し寄せてきた細川勢に押しまくられ、全軍血みどろになって本城へ走った。遺棄死体一千二百、負傷者数知れずという惨状である。

百曲口を攻めた京極勢は、やがて、守備隊長織田秀則の首をあげ、加藤・福島・細川らの諸隊と合流、正午過ぎには、岐阜城中最後の要害、上格子門前まで殺到していた。

死闘一刻、上格子門もついに福島勢の先鋒大将吉村又右衛門にうち破られた。吉村又右衛門はすかさず上格子門上の七間櫓によじのぼり、われこそは岐阜城一番乗り、と叫びながら、背に負った旗差物をうち振った。

そして東軍はいっせいに城中になだれ込んだのだ。

やがて攻城軍は二の丸にも火を放って、城中の掃討に入った。

本丸の天守閣でこのありさまを見た秀信は、侍臣をかえりみ、

「すべて余がいたらぬため……」

といって落涙し、のち、乾櫓とひと言いって絶句したともいう。

これを見て、百々越前守が天守閣の塀内から笠を出して振った。降伏の合図である。城が完全に落ちたのは申の刻(午後四時)であった。このとき、本丸内に残っていたものは、わずか三十余名。秀信は自刃を口走ったが、木造・百々の両家老

に押しとどめられ、近侍十数人とともに円徳寺に入り、剃髪した。のち尾張知多郡に送られ、さらに紀州高野山へ蟄居を命ぜられた。

秀信が死んだのは慶長十年五月八日、高野山麓、善福寺で四年余、失意の生活を送ったあとである。行年二十六歳。一説には狂死であったとも伝えられる。

岐阜城は関ヶ原役後は廃城となり、岐阜城下は公領として代官支配にまかせられたが、慶長六年、家康は娘婿奥平信昌を加納十万石に封じ、東山・北陸の諸大名に加納城築城を命じた。このとき、岐阜城は破壊され、殿舎楼閣の大半は加納城および城下の円裕寺に移された。天守閣は加納城の東北隅櫓に利用され、他の櫓・石垣などもそのほとんどが新城の建造に用いられたが、乾櫓がどのように利用されたかは不明である。

家康が岐阜城の乾櫓と歴代の城主にまつわる不吉な因縁を忌み、乾櫓だけは岐阜城を破壊した折、処分されたとも伝えられている。だが城兵の血痕のしみ込んだ館の床板さえ加納城の廊下に使用しているところをみれば、乾櫓の頑丈な木材を捨てさせたとは思えない。

後年、加納城の乾門をくぐった城主は、いずれも若くして夭折(ようせつ)したという伝説がこの地にあるが、これによって、乾櫓の木材がこの乾門のどこかに利用されたと考えても、岐阜城の暗い星を思うと、ふしぎではない。

ちなみに、初代加納城主信昌隠居後は三男の菅沼忠政(すがぬまただまさ)が継いだが、二十五歳の壮年で父に先立って病死。忠政の子忠隆(ただたか)も二十五歳で夭折。その後、後嗣がなく、城地は一時収公された。

小諸城

井出孫六

いで・まごろく

1931年～。74年、「アトラス伝説」で直木賞受賞。ほかに「終わりなき旅」「秩父国民党群像」「島へ」など。

鉄道の走る城跡

わたしの生まれたのは、千曲川上流の小海線沿線に近いところであったから、東京に行くときには、どうしても小諸に出なければならなかった。小諸まで来ると、そこにはなんだか東京のにおいが運ばれてきていて、かすかにそれが鼻をつくように思われたりした。太宰流にいえば、小諸はちょっと気どった町であったような気もする。

信越線の汽車を待つ間の時間を利用して、わたしはよく懐古園に連れられていったものだが、そこには南谷の空濠を利用して小さな動物園があり、入口まで行くと、もうすでに上野動物園にでも来てしまったような錯覚をおぼえたりした。そんなわけであったから、わたしは、ここが戦国以来の名城であったなどということを一度も意識することなしに、小諸城に足を踏み入れていたのだった。

じっさい、そこには「懐古園」という徳川家達侯の書いた扁額の掲げられた三の門と多少の石垣とが残っているだけで、天守閣はむろんのこと、城のなごりをとどめた建物はまったくといってよいほど残されておらず、山全体が手入れの行きとどいた庭園になってしまっているのだから、わたしがそれを「城」と意識することなしにきてしまったのも、無理ないことといわねばなるまい。

懐古園という名で親しまれてきたこの名城を、わたしはこんどはじめて「城」としてながめなおしたといってよいだろう。ながめなおしてみれば、なるほど、これは戦国以来の名城というべき相貌をそなえておって、東京のにおいのする上野動物園のミニチュアなどでないことが、わたしの目にもわかってくる。

三の門の楼上が「徴古館」という記念館になっており、ここに小諸城にゆかりのある遺品が展示されているが、参観者はここで「小諸城全図」という色刷りの古地図を購うことができる。

わたしもまた、この古地図を求めてひろげてみたのだが、いま「懐古園」とよばれている小諸城は、じつは三の丸を中心とした東半分の区域を失ってしまっていることに気づく。三の丸・御馬屋・御役所・明倫堂(めいりんどう)・花見櫓(やぐら)・御番所・大手門といった重要な部分が削りとられたその区域には、いま信越線の線路が貫通し、小諸駅の駅舎が蟠踞(ばんきょ)し、それがかつての城下町であった小諸の市街地と城郭域とを無理にわけ隔ててしまっているのである。

明治という時代は、徳川封建制を脱却するために、その文化価値までをも近代化の轍(わだち)のなかに押しつぶしてしまった。とりわけ、文明開化のシンボルともいうべき鉄道の敷設が、無神経に文化価値を破壊していったといえるが、小諸城の東半分を押しつぶして走る信越線をみれば、わたしは明治の時代を築いた人びとへの尊敬が薄れてこざるをえないのだ。

藤村の住んだ町

島崎藤村が小諸の町にやってきたのは、その信越線が開通してまもなくの、明治三十二年（一八九九）春のことであった。

いまや、藤村と小諸城とは切っても切れない関係にあって、懐古園のなかには、旧本丸のかたわらに藤村記念館が建てられて、多くの観光客を招き寄せているが、その案内書には藤村と小諸との関係が、つぎのように整理されている。

明治三十二年四月上旬、旧師木村熊二の経営する小諸町の小諸義塾に英語・国語の教師として赴任した。四月下旬、函館の網問屋秦慶治の三女冬子と結婚、小諸町馬場裏の士族屋敷跡に新家庭をもった。

明治三十三年四月、文芸雑誌『明星』創刊号に「旅情」（のちに「小諸なる古城のほとり」と改題）を発表。同年五月三日、長女緑が出生、父となる。八月、「雲」を

『天地人』に発表、「千曲川のスケッチ」の初稿が着手されたのもこのころ。

明治三十四年四月、小諸義塾に女子学習舎が併設され、藤村は『土佐日記』『枕草子』などを講義した。八月、第四詩文集『落梅集』を春陽堂より刊行した。

明治三十五年三月三十一日、次女孝子が生まれた。十月、学生を引率して、八ヶ岳の裾野を回り甲府・諏訪へ旅をした。十一月「旧主人」「藁草履」を発表。

明治三十六年一月「爺」を、六月「老嬢」を発表。

明治三十七年一月「水彩画家」を『新小説』に発表。一月上旬、丸山晩霞らと飯山町を訪ねた。四月九日、三女縫子が生まれた。七月『破戒』自費出版の援助を求めるため、函館の妻の父秦慶治を訪ね、四百円の出費を頼んだ。

明治三十八年三月四日、志賀村に神津猛を訪ね、『破戒』完成までの生活費の恩借を頼みに行ったが言えず、翌五日手紙で依頼百五十円を借用した。三月二十五日、小諸近郊の布引山釈尊寺で義塾教師らによる送別会に出席した。

四月二十九日小諸義塾を退職し、七年間にわたる小諸生活に別れを告げ家族と上京した。

浪漫(ろうまん)的な詩風を心にいだいて小諸にやってきた藤村は、小諸城に触発されて、あの不朽の名篇を詠んだ。

小諸なる古城のほとり
雲白く遊子(ゆうし)かなしむ
みどりなすはこべはもえず
若草も藉(し)くによしなし
しろがねの衾(ふすま)の岡辺
日に溶けて淡雪流る
あたたかき光はあれど
野に満つる香も知らず
…………
千曲川いざよふ波の

岸近き宿にのぼりつ
濁り酒濁れる飲みて
草枕しばし慰む

そしていま、この詩は石に刻まれて、小諸城址「懐古園」の西北隅の一角に、なくてかなわぬ碑となって建てられている。

藤村はこのような詩境から、やがて「千曲川のスケッチ」にみられるような散文の世界へとすすみでて、その出世作『破戒』を書くことで七年間の小諸の生活に終止符をうつ。いま、小諸城のかつての大手門は、城からきり離されて、小諸の町なかにぽつんと建っており、観光の矢印がなければ、旅人はそれを見ることなく通りすぎてしまうのだが、その大手門の楼上こそは、藤村が小諸にあって教鞭をとった小諸義塾の教室として使われていたものであった。

藤村が小諸を去ってしばらくののち、歌人若山牧水がこの町を訪れた。牧水は、うち捨てられていた古城の廃墟をつぎのように詠った。

かたはらに秋くさの花かたるらく

ほろびしものはなつかしきかな

この牧水の歌もまた、古城小諸城になくてならぬ歌碑として、二の丸の石垣に寄り添うようにして刻まれている。

藤村の詩にせよ、牧水の歌にせよ、そこに詠われた小諸城の姿は、まるでライン河畔に残された中世の古城のようなおもむきをあたえられているが、考えてみれば藤村が小諸にやってきたのは明治三十二年、小諸城は明治二年まで藩の政庁として機能していたわけだから、その詠われ方には誇張が感じられさえする。

だがしかし、明治二年の版籍奉還とともに廃城となって官軍小隊長乃木希典(のぎまれすけ)に引き渡されたのち、うち捨てられていた小諸の姿は、じっさい詩人たちに数世紀うち捨てられていた古城のような印象をあたえたのにちがいない。いまでこそ、そこには詩碑や歌碑、あるいは記念館や動物園やらが設けられて、観光資源として位置づけされてはいるものの、そのような設備をとり去った小諸城址は、深くえぐられた千曲川の河岸段丘にそびえる中世の古城と詩人の目に映ったとして、けっしてふしぎではなかった。

地の利をしめた中世の城

伝承によれば、応仁の乱勃発（一四六七）から二十年を経た長享元年（一四八七）、佐久岩村田にあった豪族大井氏が伴野氏に圧されて北に退き、小諸当坂に鍋蓋城を築いたのが小諸城のはじめだと伝えられている。

以来、信州佐久は群小豪族が割拠し、武田・村上・上杉の群雄がたがいにせめぎあう草刈場の観を呈する時代がつづく。天正十二年（一五八四）、武田勢がこの一帯を攻略し、武田の部将山本勘助と馬場信房とが小諸城の縄張りをひろげ、ここを北信攻略の拠点と定めたとき、中世豪族の居館ないしは城砦的存在から近世城郭的存在へと、小諸城はその礎を発展させた。

相模小田原北条氏が滅亡したあと、小田原の役に戦功のあった仙石秀久が小諸城五万石に封ぜられ、大手門はじめ諸門が築かれてここにようやく小諸城は完成したといってよい。秀吉の時代が去って徳川の時代が幕をあけようとするころである。

歴史の皮肉とでもいうべきであろうか、近世城郭が城郭建築技術の飛躍的発展によって構築されたとき、時代は戦争を忘れた平和のときに移っていったのである。

近世城郭というものは、戦国の所産でありながら、その後二百数十年の泰平のなかに機能する政治庁舎として、存在することになった。

じっさい、浅間山麓の火山灰地を後背にもち、千曲川の浸蝕によってえぐり出され幾重にも空濠のくい込む河岸段丘を利用して平山城ふうに築かれた小諸城は、どちらかといえば中世的性格をそなえた難攻の城であった。そこにおのずと小諸城の特質が浮き出てくるというものであろう。

北国街道の東端と中山道の中央部を扼する要害の地であると同時に、穀倉地帯である佐久盆地をおさえる地の利、これが小諸城の中世から近世にかけての役割であったといえる。

されば、仙石氏のあと、松平・青山・酒井・西尾・石川大給松平といった徳川譜代の諸侯が目まぐるしく転封されたあと、元禄に及んでようやく、長岡から分家した牧野の殿さまがここに定着することになる。以来十代、百六十八年間一万五千石の牧野小諸藩は安定のうちにつづく。

武田遺臣による新田開発

小諸藩の表向きの石高は一万五千石であったが、「川東一万五千石、川西一万五千石、合わせて一万五千石？」とか「表高一万五千石、裏高三万石」ということばが残っているように、じっさいの石高はゆうに三万石をこす内福をひそかに誇っていた。

その背景には、近世初頭、佐久盆地にまきおこった開発ブームによってきりひらかれた無数の新田があずかって大きかった。その代表的なものは、浅間山麓に水源を探りあてた御影新田、蓼科の山ふところ深く水源を求めた五郎兵衛新田・塩沢新田・八重原新田の四つがそれだ。いま、『北佐久郡志』によって、四つの新田の開発状況をみれば、次表のようになる。

この表から、四つの新田は関ヶ原の役後およそ三十〜六十年後に実現していることがわかる。

新田名	開さく者名	開発年代	用水の長さ
五郎兵衛新田	市川五郎兵衛	寛永七年ごろ 一六三〇	約五里
御影新田	柏木小右衛門	慶安三年 一六五〇	約十六里
塩沢新田	六川長三郎	正保三年 一六四六	約十里
八重原新田	黒沢嘉兵衛	寛文二年 一六六二	約十四里

もともとこの佐久の地は、古代から中世にかけて「牧」が多く、牧畜を主とする高原地帯であった。中世の粗放農業から、ようやく水利をみずからの手中におさめた農民たちは、きびしい自然との闘い(たたか)のなかで時代に即応した稲作主体の農業へとすすみ出ていったのだが、小諸城の築城もまた、そのような農業生産力の飛躍的発展を背景にして実現したことがうかがわれる。

これらの新田を開発した主体は、一様に武田の遺臣であることが興味ぶかい。しかも彼らは、近世封建制再編の過程で家臣団に参加することなく、下人や所従を従えて在地土豪化していった人びとだ。長い戦国のなかで、彼らは戦乱の数々をくぐり抜けながら、あえて土着し、業を興す方向にみずからの進路を定めた人たちでもあった。

五郎兵衛新田をひらいた市川五郎兵衛の祖は、上州砥沢(とざわ)に居城をもつ戦国武士で、信玄(しんげん)に引きたてられて、信州佐久にやってきた。武田滅亡後、追われて上州砥沢に隠棲(いんせい)し、ここで五十人から百人の下人・所従をかかえて土着し、家康(いえやす)に朱印状をあたえられ砥山の採掘経営で資力をたくわえた。新田開発のための用水工事にはその鉱山技術が役立ち、四年の歳月と辛苦を経て、五郎兵衛新田はひらかれたと伝えられている。五郎兵衛の名は村名となって、戦後のつい最近まで引き継がれていた。

塩沢新田をひらいた六川長三郎も甲州武川（むかわ）在の武川衆のひとりであったし、八重原新田をひらいた黒沢嘉兵衛も武田につかえた戦国土豪であり、何度も失敗をくり返したのち、七年の年月をかけて、ようやく新田開発に成功した。

御影新田の柏木（かしわぎ）小右衛門も他の三人と同様、武田の家臣とされるが、のち蘆田（あしだ）（依田松平）氏につかえて上州（群馬県）藤岡（ふじおか）に移ったけれども、蘆田氏滅亡ののち、柏木村にもどって土着した。浅間山麓の火山灰の土地をひらくためには、どうしても豊かな水が必要であった。彼は浅間山麓を踏査して小浅間および湯川滝に水源を見いだし、上堰（せき）・下堰と称してそれぞれ五里、七里の用水を掘り、さらに合流点から村まで二里に及ぶ御影用水を引くことに成功した。浅麓の火山灰地は漏水（ろうすい）はなはだしく、漏水箇所には綿を埋め込んでこれを防いだというようなエピソードにうかがわれる難工事であった。その柏木家はわたしの祖母の生家でもある。

彼らはいずれも武田の遺臣であるとともに、いずれも山間辺地に拠(よ)って家内奴隷に似た下人・所従をかかえていたから、五里から十五里に及ぶ水路工事には、これらの古い中世的奴隷的労働が動員され、そのことによってはじめて、近世にふさわしい生産力の発展が約束されたのでもあった。

天明の一揆と天災

「表高一万五千石、裏高三万石」といわれた小諸(こもろ)藩の内実は豊かなものであったが、長い太平の逸楽や参勤交代の浪費も加わって、徳川(とくがわ)後半の小諸城の台所は火の車であった。

火の車を生んだ背景には、いくつかの自然災害による領民の貧窮化も手伝っていた。自然災害でなによりも大きな傷痕(しょうこん)を歴史年表に残しているのは天明(てんめい)の飢饉(ききん)

と、それにかさなる天明三年（一七八三）の浅間山の大噴火をあげなければなるまい。

天明三年、この年旧暦五月ごろから、浅間の蠢動ははじまり、八月まで前後十回の大噴火があった。なかでも、六月二十九日から七月二日に及ぶ大爆発、さらに七月七日から八日にかけての大爆発は、大地震のように大地が鳴動し、ふきあげた噴煙は天をおおい、火山岩は数千の流星のごとく、人家を破壊し、田畑を焼きつくした。『北佐久郡志』に収録されている軽井沢の名主六右衛門の報告と、塩名田村の丸山柯則の書き残した『信濃浅間ヶ嶺の記』からそれぞれ引けば、つぎのような状態であった。

――六月二十九日より焼け出した浅間は、七月五日よりいっそう強く爆発し、七日の夕刻には一滴の水も出なくなった。夜に入っては別してものすごく、石砂は雨雪のように降り尺余の大石が落下した。老幼婦女子はもとより、大部分の者は夜具ふとん・なべ・釜・桶などをかぶって逃げ出し、残った者はごく少数であった。焼石のために宿内西側の農家からおこった火災によって五十一軒を焼失し、降り積った灰や砂石のために八十二軒がつぶれ、四十八軒が破損した。

――七月五日の夜、上州の松井田・坂本辺へは小石が降って人馬は外へ出ることもできず、碓氷峠はいっそうはなはだしかった。夜が明けてから石の降るのはやんで灰に変わり、六日の朝から焼石のために裾野を追われた猪・鹿・狼などが多く荒れ出して、旅人を追ったり、きこり、草刈の人馬に喰い付いたりした。

このため、中山道・北国街道の交通は完全にマヒし、藩主牧野康満は急遽江戸をたって領国に向かったが、深谷宿で立ち往生せざるをえなかった。この噴火のため、浅間山麓百二十三か村が被害をうけ、死者二万あるいは三万五千を数えたと伝えられている。災害対策に、幕府が直接のり出したが、このときの貸付金は藩財政を大きく圧迫することとなる。

加えて、この年は天候不順で、夏から冷雨がつづき、九月に入っても気温は上らず、作物はいっこうに実る気配がなかった。たちまち穀物の騰貴がはじまった。領民は不安におののきながら、山野の草根木皮をあさって、近づく冬にそなえなければならなかった。小諸藩が幕府に提出した報告書によれば、領内の作柄は四割五分作というところだが、ほとんど不毛に近い村々もまれではなかった。

天明の一揆は山の向こう上州からおこった。佐久米に依存していた上州山間の飢餓民は再三の訴願ののち、ついに暴動化し、九月二十九日磯部村を発火点として、うちこわしがはじまり、碓氷を越えて、十月二日には軽井沢に達した。

峠を越えてきた「暴徒」はおよそ二百七十、引裂き紙の纏を押したて、午後には沓掛の豪家蔦屋をうちこわし、その夜、岩村田に乱入したときには八百をこえていた。沿道の貧窮民が和したとみなければならない。彼らは顔に煤をぬりたくって変装し、斧やかけやを手に、太鼓・法螺貝に鯨波をつくった。

彼らのたどったコースをみれば、志賀村―内山村―平賀村―下中込村―原村とわたって三千人にふくれあがり、三塚・桜井を通過したあと二手にわかれ、いっぽうは御馬寄、他方は五郎兵衛新田へと向かう。むろん各村で豪家をつぶし、炊き出しを迫って、十月四日朝には中山道八幡宿に達している。ここから耳取・森山を疾風のごとく過ぎ、柏木に達すればもはや小諸城は目と鼻の先であった。

そのとき、小諸城内では、和戦ふたつの対策がたてられていた。まず「利害を説いてとり鎮めること」、いわば説得による鎮撫策と、それでも防ぎきれぬ場合には、石火矢・大筒などのほか鉄砲使用の許可を幕府からとりつけ、近郷十七か村から四百名の助人を召集して城の木戸をかためていたという。三千にふくらんだ「暴徒」を鎮圧するだけの自前の防衛力をもたぬ小藩の悲しさであった（ちなみに小諸藩の士族の数は、維新当時で士分百二十八戸、卒属百六十八戸であり、江戸詰も多かったろうから、在国する士族の数では、とうてい三千の一揆を鎮圧することはむずかしかったにちがいない）。

少なくとも表面は、小諸城の説得による鎮撫策が効を奏したものか、あるいはまた「暴徒」側が小諸城の武力挑発を回避したものか、一揆の流れは城下だけは纏を横にたおして通過している。たがいに武力衝突を回避したにすぎず、むしろ、封建制下の武力装置としての小諸城の面目は立たなかったとみなければなるまい。

一揆鎮圧の「栄誉」は隣藩上田城にゆだねられる結果となってしまった。天明一揆の貧窮民たちはあわやのところで小諸城うちこわしを回避してくれたが、自然災害は小諸城たりとも容赦することはなかった。「戌亥の満水」とよばれる寛保二年（一七四二）の大洪水がそれである。

この年の梅雨は長くしとしとと降りつづけたが、それにつづいて、七月二十九日から三十日にかけ大型の台風がこの地方を直撃した。二十九日からはげしくなりだした雨は風をともなって三十日いっぱい降りつづいた。千曲川水系に集まる諸河川はすでに方々で決壊をはじめ、千曲川の本流は赤ぐろい水を集めて、小諸城の崖を洗った。

長雨で浅麓の火山灰地の地盤は水をふくんで崩れやすくなっていた。そしてこのとき、人びとははじめて小諸城の位置が城にあらざるところにあることを知ったのであった。奇妙なことに、浅麓の斜面につくられた小諸の城下町よりも、小諸城のほうが低い位置にあることに気づかざるをえなかったのである。小諸の町は「城下町」ではなくて「城上町」だったわけだ。町には坂が多く、坂道に水が奔流すると、それは期せずして城門に向かって流れることになる。

小諸町を流れる中沢川の水押しが千曲川水系の諸河川のうちではもっともはげしかったと伝えられる。川筋の六供・田町・本町をひと呑みにして泥流はいっきょに城に向けて押していった。たちまち、足柄門・三の門・花見櫓などがその根元から崩れ去り、城中へ泥流が逆まいた。堅牢を誇る名城小諸城にとっては、意外な敵の到来であった。

侍屋敷流失五、倒壊四、つぶれた長屋五十五、下目付以下足軽・同心まで流屋三十八、城下流失家屋二百五十四、家中の死者七十九人、町方四百二十八人に及んだ。田畑の被害は一千七百五十二石と報告されている。

千曲水系の上流の被害も大きかった。わたしの郷里もその例外ではない。いま、わたしの郷里の町に、「八月一日の墓参」行事が残っている。八月の旧盆は八月十三日からであり、一家眷族そろって先祖の墓に詣でる風習は他と変わりないが、二週まえの八月一日にも一家眷族先祖の墓に詣でるのは、この地方だけの独特の行事だ。これは、古老に尋ねてもいまではそのゆかりを説明してくれるものもなくなっているけれども、おそらく二百数十年前の寛保二年八月一日の大洪水の犠牲者を弔う墓参が、いまではそのゆかりも定かでなくなりかけながら、いぜんとして庶民の生活のなかに語り伝えられているのではあるまいかと、わたしは推測している。

維新の足音

藩財政の逼迫にともなって、小諸藩では倹約に関する三十七か条の触れを出さなければならなかった。そのなかには、蛇目傘をさしてはならぬとか、ビロードの鼻緒の下駄や三枚裏の雪駄をはいてはならぬなどとこまかな注意をだすいっぽう、祝祭日の食物までつぎのように引き締めざるをえなかった。

——諸哀愁の節、近親の外、家々続着掛の親類壱人宛相招き、食事一汁一菜肴三種までに限り、分限守り成るべきだけ引き下げ候様致すべく並びに仏事の節酒一切無用の事。

これでは領民は浮かぶ瀬もない。しかも、追っかけるように、天保の飢饉が佐久盆地にものび寄ってくる。

だが、小諸藩にとっては、天の配材か、天保三年（一八三二）、常陸（茨城県）笠間藩主牧野越中守の第二子康哉が小諸城第九代藩主として迎えられた。十代に及ぶ牧野の殿さまのなかで傑出したこの英君が、天保のむずかしい時代をとりしきったことは、小諸藩にとってこのうえない幸いであった。天明の飢饉にひきかえ、天保年間に小諸藩には大きな一揆はおこらなかったことからも、名君の施策が当を得ていたことが証明される。

じっさい、牧野康哉は、つぎつぎと善政をうちだした。飢饉を背景にした間引きの流行のなかで育児手当をともなう「子育て法」を出し、八十歳以上の困窮老人に終身年金ともいうべき「終生口分米」を出すなど、現代にも通ずる福祉政策であった。産業の振興策にもみるべきものがあり、嘉永二年（一八四九）にはオランダから伝えられた種痘を率先して自分の娘に施すなど開明君主の貌をいかんなく発揮した。惜しむらくは、文久三年（一八六三）、四十六歳の若さで病にたおれ、幕末激動のなかで小藩小諸城はこの有能なカジとりを失ってしまった。

名君を失った小諸藩にとって、幕末の荒波はあまりにきびしい。第一の荒波は思いもかけないところからやってきた。第九代藩主康哉の死の翌年早々、中山道を早馬が駆けて、ひとつの不穏な報せを小諸城にもたらす。

水戸の浪士が多勢決起して、京を目ざして中山道を進軍してくるというのだ。

一行のありさまは、『常野両州通行記』によれば、

——軍勢およそ一、三〇〇人、そのうち騎馬武者の二〇〇騎余はいずれも具足を着し、弓一〇梃余、大筒一三梃は大八車に載せ、旗が一〇本であった。真先に二つ輪違いの赤旗、続いて浪士が一〇〇人ばかり、その次が「日本魂軍奉行田丸稲野右衛門」と書いた白旗を立て、陣羽織を着た騎馬武者の左右には二〇人ばかりの浪士が銘々抜身の槍を携えて従い、その後に騎馬武者が五〇人ばかり続いていた。次いで報国、魁、寿、奉勤等と書いた赤や白の旗、大幅の吹流し、蕉葉、金の乳玉、金の幣、金の瓢丹の馬印、軍太鼓の後に大将武田耕雲斎が紫の陣羽織を着、陣笠をかぶって馬に跨っていたが、その陣羽織と陣笠には割菱の紋がついていた。この左右にも浪士が二〇人ばかり抜身の槍を携えて従い、その後には同じく騎馬武者がおよそ五〇騎ばかり続いていた。これに次いでは軍司武田主水正であったが、これらはいずれも手槍や鉄砲を持っていた。玉薬箱、小荷駄の類は

流し馬五〇疋につけ、その荷印には正義両隊武器方と書いてあった。その次に垂駕籠が一梃、ほかに宿駕籠が五梃であった。――(『北佐久郡志』より)

この報告に接した小諸藩は及び腰ながら、軽井沢発地の和美峠まで恐る恐る兵を出すが、やがて上州高崎藩兵が水戸天狗党の軍勢に撃破されたことを知って、旗を巻いて小諸城に逃げ帰ってしまった。

元治元年(一八六四)十一月十八日、天狗党は内山峠を越えて相立に達し、ここで小休した。名主柳沢氏に残る口碑によれば、

――浪士の一行がこの峠にかかったというので、老幼と婦女子は残らず裏山へ逃げ、名主だけが役目上恐る恐る道に待って応接すると、ここで休息して高崎藩との戦塵を洗いたいとのことで、急ぎ村人たちを召集して炊き出しにかかった。上級の武士たちは座敷に招じたが、その起居動作が礼儀正しく実に立派で、少しも不法な風がないので、一度は逃がした家族を呼びもどして接待にあてたところ、浪士たちも非常に喜んで厚くその厚意を謝して立ち去ったという。――(前掲書)

その後の天狗党のたどったコースは、平賀村に一泊、翌十九日整然と野沢・岸

野を経て中山道に入り八幡・望月・蘆田・和田の各宿を通過した。そして二十日和田峠に出撃した諏訪・松本両藩兵を撃破して美濃路へと抜けていった。

小諸藩はどうしたか。十九日の夜、天狗党の立ち去った蘆田宿まで追跡と称し、奉行が馬を飛ばして本陣で事情聴取をし、翌日和田峠ならざる笠取峠に家老牧野八郎左衛門が進軍して一巻の終わりとした。つまり、小諸藩は天狗党との衝突を徹頭徹尾、避けとおしたというわけであった。

中山道八幡宿の豪農依田家では、このとき武田耕雲斎が言い出すより先に、天狗党に対して、金二百両の軍資金を醵出した。依田家といえば、小諸藩中最大の地主であった。その大地主が、右往左往してなすところない小諸藩の態度をしり目に、水戸天狗党に「このたび各様方は国事のため種々御周旋をなされ、ありがたき仕合せに存じます」といって二百両のカンパを差し出したところに、もはやまぎれもなく時代の新しい幕明けが予感されるではないか。少なくとも、領内に力強く擡頭してきていた在地名望家たちの目には、頼りない小諸藩は己の庇護者としては映じていなかったことの証左でなければならない。

同じようなことは、それから数年後にやってくる相楽総三らの「偽官軍」に、依田家と並ぶ志賀村の大地主神津包重は三百両を献納しただけではなしに、みずから率先して「偽官軍」に参内していった事実のなかにも語られている。しかも、「偽官軍」が官軍総督府によって否定されるや、それに党与したかどにより、神津家は郡中村役人への見舞金として三百両を強奪され、米百俵をも強要されさえしている。

もはや、次代の主役たる在地名望家たちにとって、徳川封建制下の幕藩体制には、根強い不満と不信が醸されていたことは、まぎれもない事実であったろう。時代の激動のなか、小諸城は領民を保護し、領民はまたその見返りとして小諸城を重い年貢をもってささえるという封建的契約の関係は、時代の発展のなかで無意味な形骸と化し去っていたからである。

そのとき、維新の足音が遠く西のかなたから鳴りひびいて聞こえてくるとともに、二百数十年にわたって佐久盆地にそびえていた小諸城の礎は大きく揺らぎ、廃墟たらんとしていたのでもあったろう。

千早・赤坂城

藤本義一

ふじもと・ぎいち

1933年〜2012年。74年、「鬼の詩」で直木賞受賞。ほかに「蛍の宿」「迷子の天使たち」「人生の賞味期限」など。

うけ継がれてきた楠公精神

現代に棲息している人間が城址について書くのだから、やはり、現代の千早を、赤阪村を見なければいけない。過去に三度、このあたりを彷徨したのだが、いずれも映画のロケ地捜しであり、ただ風景と物語を合成しようとしただけだから、土地そのものに対しては、知識皆無という状態であった。

「千早城について書きたいから、案内を頼むぞ」

と、後輩のD君に連絡を入れると、高校で歴史の教鞭をとっているD君は、

「いいですよ、いつでも来てください。そのかわりに、わが校で二時間ばかり講演していただきたい。ただし、あまり予算がないので、その分は千早村・赤阪村の案内で埋め合わせてもらう」

というチャッカリした答えが返ってきた。

「なるほど千早の砦の攻防戦はなかなかはげしいようだな」

と皮肉ると、D君は、

「大楠公の精神はいまも脈々とありますから」

と、うれしいことをいってくれた。

千早に向かうまえに、概略を頭にたたき込んでおこうと数冊の本で楠正成なる人物を調べてみたが、忠臣なりと書かれている本が一冊あっただけで、正体は不明なのだ。よし、それならばと、現代の千早・赤阪の両村について大阪府の資料で調べてみた。

昭和三十九年九月、旧千早村と赤阪村が合併している。面積三七平方キロ。人口は昭和五十一年度十二月末で五千四百七十九人。合併当時の人口は五千七百余人であり、昭和四十九年度には、五千人ほどに落ち込みがあり、それが年ごとに徐々に回復している。

D君の説明によると、この回復は、小吹台団地等による外部からの入居者数であるらしく、昭和五十一年には前年比二百五十人の増加であるといい、団地完成後には八千人をこえて、村から町に〝昇格〟するはずだという（本稿執筆は昭和五十二年。昭和六十三年三月三十一日現在の人口は七千八百二十三人で、町には昇格していない）。

「それはめでたい」

というと、D君は、とんでもないという顔をして、

「大阪府下、唯一の村の誇りをもって村民は一丸となっているのです。これこそ楠公精神以外のなにものでありましょう」

というのだ。なるほど、村人の意識のなかには楠公精神がうけ継がれている。

総面積の四五パーセントは、金剛生駒（こんごういこま）国定公園のなかにあり、昭和四十六年に大阪府下ではじめての「自然休養村」の指定をうけている。大阪府下としても、特異な地区に位置している。

「このロープウェイも、全国で唯一の村営です。このあたりにも楠公精神が……」

地元生まれのD君はいう。四十一年に開通した金剛山ロープウェイは、全長一三二三メートル、高低差は二六七メートル。頂上までの所要時間は六分間であっ

た。

千早城址に立って楠正成を思うまえに、現代のその周辺を聞き書きしたほうがおもしろいぞ、とD君と行動している間に思いはじめた。現代の城郭史はそうでなくてはいけないとかってに決定した。

われこそは〝正成直系〟

日を改めて、近鉄に乗り、富田林駅でおりる。バスに乗る。若者でいっぱいだ。ぼくもキャラバンシューズを履いて、アノラック姿である。テレビで顔を知られていると全国指名手配のようなもので、若者たちがなにかと話しかけてくる。こっちもまともに答える気はないから、楠正成の子孫捜しだと答えておく。そういえば、十年ほどまえに、テレビ番組に異色顔合わせというので、正成より二十九代目だという小学生と足利氏の子孫を対面させたことがあった。いちおう、双方、古い系図を持って集まったものの、真偽のほどはわからなかった。

あの二十九代目に会えるかもわからないと考えながら、千早赤阪村に入り、千早川に沿っての一本道をバスに揺られながら、D君にいうと、

「十年まえでしょう。おそらく二十九代目も成人して村を出ていってるんではないですか。しかし、あまり正成直系をいわないほうがよろしい。あちこちにいる気配ですから。かえって厄介なことになりますから……。いいですね」

と、注意をうけた。千早川にバスが出るまでが一五、六分で、登山口までは約四〇分であった。登山客とは逆に、谷に向かって五〇〇メートルあまりおりると千早村があった。いい村だ。これが町に〝昇格〟してはいけないと思うほどいい村だ。ひわだぶきや藁ぶきの屋並みが谷底にある。戸数百六十、人口八百二十人が、ひっそりと生活を守っているのだった。

以前、このうち六十軒が豆腐小屋を川沿いにもっていたが、いまは姿を消した。江戸の末期にはじまり、終戦時までは凍り豆腐生産地として活況を呈していたと

いう。冷凍技術の進歩・普及は全国にひろがり、昭和二十八年には、自然冷凍を機械冷凍にと切り換えたものの、機械だと全国どこでも凍り豆腐ができるということになり、凍り豆腐千早城の砦は昭和三十五、六年から下降をたどり、昭和四十七年には砦は崩れた。各戸に手づくりのときは凍り豆腐の秘術をもっていたが、機械化でこの秘術は壊滅したわけだ。地場産業の崩れで若者は都会に出たが、十数年を経てUターンしはじめた。画一化された都市よりも味のある千早の砦でシイタケ栽培をやり、よき土地を守らんかなの動きが出てきている。

村長さんは、わが大学の先輩であった。村会議員は十六名で、共産党ひとりであとは保守系無所属であった。この構成も、十四世紀の南北朝時代の流れそのままのような気がしないでもない。

たしかに、村人は、はるかなる大楠公の意識をなんらかのかたちでうけ継いでいるようなのだ。なかなか愉快に思えてきた。押し寄せる観光業者を砦守ってはね返し、大阪府の行政に批判の矢を放ちつづけている感じなのである。城址は地区共有の地であるという意識が強いのだ。砦を明け渡すまいとしているのである。

奇襲を成功させた河内根性

さて、本題の千早城址に立つ。まだ春にはすこし間がある。石垣と枯草、そのなかに楠公の精神ありとうけ継がれている。千早村の西南の山腹に築かれた山城は元弘二年の築城である。一三三二年に楠正成が築城したものであり、赤坂城落城後に立てこもった場である。昭和一桁生まれのぼくは、小学校でその奇襲について習った。

たしかに険しい地形であり、北条の十万の包囲軍を撃破するには奇襲しかなかっただろうと推測される。人糞作戦・火焔作戦というのが教科書に書かれていた奇襲戦法であった。高さを利して低地を壊滅する方法としては、はなはだ独創的な作戦であったといえるが、どうやら、これは物語構成上の創作のような気もしないではない。建武の新政以降も正成はこの城を根拠地にしていたというが、地方豪族の雄は、この方法しかわからなかったのではないか。中小企業の争いがおこりそうな地形であり、そして広さである。内乱がおこってもしかたがないという大きさなのである。

幼名は多聞丸といい、武略・知略にすぐれていたというが、考えてみれば、純朴な豪族の雄であったと断定してもいいだろう。後醍醐天皇の倒幕の命をうけて挙兵して、千早城で北条氏の大軍を撃破したのも、偶然に山岳ゲリラの粘りを発揮したためではあるまいか。河内の勢いを結集したわけである。河内の人間の心理というのは、頑迷であり、粘りがあるが、孤立する危険度がある。これが、時として、一か八かの攻撃に出るのである。勝つか、さもなければ負けてしまう。粘りは体力であり、行動であり、けっして知力とはいいがたい。そして頑迷なゆえに、いったん信じた説を曲げようとはしない。ここが大阪府下にあって大阪人のもつ融通性をきらうゆえである。村が町に昇格するのを、けっしていさぎよしとはしない点である。

この頑迷さが千早城の正成にもあって、ぎりぎりいっぱいの線で北条軍を破ったのだろう。

「天皇はんの命令やでェ。みな、力合わせてやろうやないけ。あんじょう、やったれや、おい！」

正成は、おそらくこういうことばで命令したにちがいない。

「よっしゃ、やったろやないけ！」

と、臣下は呼応して立ちあがったのであろう。

信奉したが最後、なにがなんでもやり抜くのが河内人の根性である。大阪町人の商売における根性には儲けるための計算があるが、河内人にはこれがない。損も得もあるかい、これが正しいんやから正しいんじゃ、阿呆んだらめ、という気概は凄まじい。この気概が軍鶏の闘い、闘鶏をいまの代に伝えているようだ。とにかく河内人の性格は、外見は荒々しいが、内面は生一本といえる。楠正成も生一本なら、それに従う部下もまた生一本だったのだろう。

昭和五十二年春の選抜野球で、高知の中村高校が、ぎりぎりのメンバーで優勝戦まで進んだのと似ている。あとはないのだ。ただ捨て身一本でやらなくてはならない。そのためには常識をはずした奇襲しかない。そして、北条軍相手に、それが成功したのが千早城と楠正成の一派ということになる。

命とりになった国守登用

が、これで勝利を掌中にしたまではよかったが、この功績によって建武の中興政府側が鎌倉幕府討滅の褒賞に、正式に、河内・摂津（大阪府・兵庫県）・和泉（大阪府南部）という国の国守を命じたのがいけなかったのではないか。せっかく結集した力が、手柄によって拡散したきらいがある。正成は行動の人間であり、思考の人間ではなかったように思えるのである。

たとえば、たいへん有能な車のセールスマンの実力を見込んで、すぐに本社の営業部長に抜擢しても、それはかならずしもうまく進行するということにはならないのと同じである。ゲリラはゲリラなのだ。海外駐在員の敏腕さがすぐに中央に伝わるとはいえ、その駐在員を本社の重要なポストにつければ、本社内部から不満の声があがるのと同じなのだ。

だから当時の中興政府が、正成を国守に登用したのがまちがいであり、正成自身の悲劇はこのあたりからはじまるのではないだろうか。もうすこし、地方の勢力ある豪族として楠正成を中興政府が見守っているべきであった。地方行政の一点に地方行政一般と司法・経済を見るようにと命じるのは酷ではなかったか。

この国守に任じてから、まもなく、足利尊氏が中興政府にそむいて挙兵する。鎌倉に下向した尊氏挙兵の報を聞くと、国守たる正成は、単純に、天皇擁護の立場をとってしまう。とらざるをえない立場にあると同時に、その内面の意として、やらなければならぬという忠誠心に燃えてしまうのではないか。

たしかに正成とその長子である正行は、千早城を基点にして、その後の運命を考えなければいけない。なぜ、この親子は、勇猛をふるいながら自滅してしまうのだろうかと、ぼくは千早城の城址にたたずんで考えたものである。たしかに、エネルギーの度合は、この河内の親子にはあったようだ。だが、少数のエネルギーは、燃えつきれば、また早く、哀れなものである。

千早城址に立って、考えてしまうのは、正成と弟の正季、そして長子の正行の運命が、あまりにも似ていることである。花火のような華やかさはあるが、同時に、花火が空中に消えた虚しさも否定できない。

そして現在も、この地には、正成の会戦を詠んだという明治天皇の御製がある。

——あだ波を防ぎし人は湊川
　神となりてぞ世を守るらむ

というものだ。

後年「忠臣」であるがために「神」となった正成は、その生涯をみずからがもてる力をマイナス面に活用したのではないかと思う。

鎌倉で叛旗をひるがえした足利尊氏は、弟直義とともに、大挙して京都をねらい、殺到している。足利勢は、その数とともに、まえもって戦略をくわだてていたと思う。北畠顕家がこの軍を防ぎ、足利勢をさらに西の播磨（兵庫県）方面へと敗走さすが、足利勢は、勢力を挽回して、摂津方面から侵入をくわだてるのである。このとき、千早城から出た国守の正成は、打出の浜にこれを討って、足利勢を西走さすのだが、このあとがどうもいけない。正成は、あくまでも河内人の頑迷さ、執拗さ、完全主義で足利勢を殲滅すべきだという意見をもったが、僚友であるべき新田義貞の同意を得ることができない。ここで足利勢は九州へと避難して一服するわけだ。

義貞は凱旋した感じで、各地に兵を集める旅に出る。いっぽう、正成は悶々として、なぜ、徹底的に足利勢を追走しなかったかを考えた日夜を送るわけである。正成にしても義貞にしても同じ志をもつ官軍なのだが、根本でそのおたがいの意見がくい違いをみせたのである。これは、いつの時代にもみられる保守陣営の反目だろう。あまりにも正成の姿は義貞一党の目には荒削りの命知らずの粗暴な田舎軍に映ったのではないかと思う。義貞は、ゆうゆうと地方遊説にまわるが、正成には、そういう芸当ができなかったのではないかと思う。

頑迷一途の主張を正成は曲げることができなかったのだろう。それは、かえって千早城で北条氏を撃退した自信の裏づけが作用したものとも思われる。現在の、千早村の人びとは、この正成こそ偉大で尊いという。ぼくも、この意見には異論はないが、やはり、俯瞰的に見て、正成は世の流れからすこしはずれた生活感覚の持ち主であったといわざるをえない。もうすこしおおらかな意見をもつべきではなかったかと思うのだ。

豪胆のゆえに玉砕組に起用

この新田義貞と意見を異にした時期に、九州に敗走した足利勢は、九州の官軍の雄である菊池氏を多々良浜に破って、力を盛り返しているのである。そして、ただちに、全軍に指令を放って、東進せよといっている。ひと休みのうえに官軍を破ったという自信を得た足利勢は、延元元年（一三三六）五月五日には備後（岡山県）の鞆津にやってきているのである。そのうえ、尊氏勢は、水陸両軍の二面作戦に移っている。水軍の長は尊氏自身であり、陸軍のほうは、弟の直義に指揮権を渡しているのである。

どうも、このとき、正成はいちばん不利な立場にあったようだ。この急の足利攻勢を聞いた正成は、

「足利勢を途中で拒止するのは不可能である。むしろ、足利勢を京都に導き入れて、新田義貞は天皇を奉じて比叡山に入り、わが楠軍は河内にあって足利勢の中国方面よりの糧道を絶つ作戦に出たい。その後は、各地の官軍が相策応して立ちあがって、いっきょに京を攻撃すれば、足利勢は潰れ去るであろう」

という案を出したのだ。が、これは聞き入れられなかった。ここで反対にあったのだ。天皇にではない坊門宰相清忠にいわれて、とにかく、京都以西の土地で足利を壊滅しろといわれているのである。文官の理論にそむくことができないのが正成の運命とみるべきであろう。力の豪族は、いつも最前線に派遣される運命を背負わされていたとみるべきだろう。ここにもやはり、千早城の奇襲に成功した

がための後遺症があるようである。考えるところ、楠正成という人は、豪胆のゆえに、つねに戦場の先鋒、玉砕組に起用されたのではないかと思われる。

たとえば、現代でも汚職事件があれば、課長とか課長補佐がその責任をひとりで背負って自殺したりするが、正成もまたそのような利用をされやすい立場にあったのではないかと思うのだ。

湊川の合戦に向かうまえにも、自分の戦死を覚悟して、三千の兵の大部分を河内に帰らせ、根拠地で待つように命じ、摂津桜井の駅で、嫡子正行に自分の死後の天下の形勢を説いている。遺言である。正行が兵庫に従うというのを叱りつけて、河内に帰らせているのである。

延元元年五月二十四日、正成は兵庫に到着したと記録されている。が、この日の夕刻には、すでに尊氏を長とする水軍が大蔵谷近海に迫っているし、直義を長とする陸軍は塩屋以西に来ているのである。

正成の一点に対して、右縦隊の少弐頼尚を長とする新鋭は、海岸に沿って前進し、駒ヶ林を経て和田山北側に近づいている。直義を長とする中央縦隊は、東須磨(ま)および長田を経て、西国街道を前進している。左縦隊とよべる斯波高経(しばたかつね)を長とする一隊は、鹿松峠および夢野を経て、正成の右側にある。すでに陸路でも三方から囲まれた状態のなかに到着しているのだ。

この記録に従って、車でまわってみたが、現在では三時間から四時間で、ゆっくりとこの三面をまわることができた。

これに対して、官軍は、大館氏明(おおだてうじあき)・脇屋義助(わきやよしすけ)・新田義貞といるものの、いずれも海岸線で足利勢を阻止するには、あまりにも数は少なかった。正成は頓田山付近にあって、足利の出てくるのを待ち、正季(まさすえ)は、頓田山北側にあって、斯波高経の軍を待つという態勢であることがわかる。

新田が海で、楠が陸で足利を阻止せんとしているのである。いずれにしても、守備隊であり、攻撃軍ではないのだ。

そして、新田軍は、楠軍との連絡が切断するのを恐れて、東へと海岸を移動していくのだ。ここに足利勢の上陸は容易になってくる。新田・楠の守備範囲が徐々に縮まっていくからだ。スペースの広い海岸が上陸のために用意されたかたちとなっていくのである。

正成が頓田山から和田山方面を見ると、新田軍が東に移動したので、足利勢ばかりということになる。

正成は、三面に敵をうける位置に、いやがおうでも立たされてしまうのだ。その数もまたくらべものにならない。不利な地勢のうえに兵力の差は、あまりにも大きい。

ここで戦時中（昭和十八年）に発行された軍事学指針社の正成の項を見ると——軍人精神の権化大楠公——とあって、正成は前後側面から敵の挾撃をうけながらも、志気旺盛、企図心勃々などとあるが、とても、千早城のようには事が運ばない地勢であったといえる。

——公ハ必敗トハ知リ乍ラモ、已ニ、大命降下スルヤ死ヲ決シテ諾々トシテ之ニ遵ハレタ。

とある。

けっして、正成は、湊川において、かつての千早城の奇蹟を信じてはいなかったことだろう。もはや、この地に踏みとどまったとしても醜い負け戦をみるだけだろうと感じて、生き残りの一族郎党(ろうとう)とともに湊川の北にある広厳寺(こうげん)に入って、弟正季(まさすえ)とたがいに刺しちがえて死にいたるわけだ。

旧陸軍の上陸防御戦闘の項のなかに、敵がまだ上陸しないうちに、これを撃滅しなければいけないというのがある。上陸させたなら、もう手おくれだという。上陸した敵は、病菌のごとくひろがっていくとされているわけである。新田軍の撤退で、まずこの負けは約束されたと同じであり、さらに、このうえ、三方から敵に囲まれていたのだから勝ち目はないといえる。

敗戦は承知で湊川へ

頓田山に立ってみた。千早(ちはや)城とはまったく違う。千早城においては、陸つづきだとはいえ、谷は、海同様である。北条勢が千早城に近づくには、海から切り立った崖に上陸するような困難さがある。それに比較して、頓田山の場合は違う。陸から陸に敵が流れ込んでくるような地勢である。

この千早城と湊川の成功と敗因を、旧日本陸軍の「作戦要務令」で見るとおもしろい結果が出た。

千早城の場合は、「作戦要務令」二ノ二六〇である。

――攻勢移転ノ時機ハ通常予メ計画スベキモノナリト雖モ戦闘ノ経過中敵ノ攻撃頓挫シタルトキ或ハ敵ノ過失ヲ発見シタルトキ等ニ於テハ巧ニ之ニ乗ズルコト緊要ナリ。

つまり、この状勢をうまく把握できる地の利が千早城にはあったといえるのである。

が、これに対して兵力も少なかったが、地の利は湊川においては不利そのものであったといえる。

「作戦要務令」二ノ一六〇――防者ハ動モスレバ全ク受動ニ陥リ行動ノ自由

ヲ失フニ至リ易シ故ニ各級指揮官ハ特ニ堅確ナル意志ヲ以テ勉メテ主動的ニ企図ヲ遂行シ苟モ乗ズベキ罅隙ヲ発見セバ、機ヲ失セズ之ヲ利用スルヲ要ス。

攻勢移転ハ諸準備ヲ整ヘ好機ヲ作為シテ一挙急襲的ニ敢行スルヲ有利トス然レドモ準備ノ完全ニ腐心シ或ハ既定ノ計画に拘泥シ戦機ヲ逸スルコトナキヲ要ス。

つまり、ふせぐほうは、敵の間隙を見て攻撃すると勝ち目があるが、それでなくては勝利を掌中にすることはむずかしいという。

たしかに、正成は、湊川においては、この急襲策をとっては「作戦要務令」に従ったような行動をおこしているけれども、敵の間隙を縫ってやっているとはいいがたいのである。玉砕そのものを覚悟で突きすすんでいる。自滅の一途というしかない。

おそらく正成は、湊川に向かうときに、すでに敗戦を予期していたのではないかと思う。勝つとか、勝てるであろうとは考えていなかったのではないか。だからこそ、嫡子正行を河内に帰らせ、三千の楠勢の大半を、また河内に向かわせたといえそうである。

そのとき、正成の脳裏に去来したことは、自分と正季（まさすえ）が河内に帰れば、これは勅命に反することであり、後世まで卑怯者（ひきょう）といわれる屈辱を背負わなくてはならないが、自分と正季が獅子奮迅（ししふんじん）の末に敗れても、河内の千早城は正行の手によって守られ、楠の名は安泰であろうと考えたのではないだろうか。

つまり、敗北を承知で、正成は湊川に向かっているのだ。そして、新田義貞（にったよしさだ）との意志の疎通を欠くというより不利な状況におちいってしまったのだと思う。

「忠臣としてやるべきことは、やらなくてはいけない」

という考えだけで、正成は行動（じっは守備一方）を買って出たのだろう。河内の豪族であった彼が、かつて千早城の地の利で、多勢の敵を壊滅させたという武勲が、この場合は自滅を承知で湊川に向かわなければいけないという不運の星を背負う結果になったとしかいいようがない。

正行に河内に帰るように命じたのも、豪族ゆえの配慮であり、腐心であったとみられる。名をつぎに継がそうというのが、豪族というひとつの土地（千早・赤阪）

に発生した観念といえそうだ。

正行の重荷だった父の栄光

千早から湊川と歩き、現代に伝わっている史実をもとに、正成というひとりの男を分析すると、以上のようなことがわかってくるのだが、これはあくまでも推論であり、独断なのである。

正行を正成の死のあとから追ってみると、またも千早城が浮かびあがってくるのである。桜井の駅でわかれた正行は、十六歳で帯刀、検非違使左衛門尉河内守に任じられている。河内の行政面と司法面を自分のものとしてつかんだのである。二十二歳のときに、正行は自分の威力を試そうとして、紀伊の隅田城を攻めて囲み、河内の池尻を攻撃し、正平二年（一三四七）の九月には七百を引き連れて、北軍の細川顕氏の三千の部隊を富田林に奇襲し、これを破っている。このときの正行の攻撃方法は、逃げる細川軍をどこまでも追って壊滅させている。

しかし、これは、無謀な攻撃であるといわなくてはならない。正成の名があまりに高く、正行は十一歳のときから、父の名の重さが自分にかぶさってきているのを意識したのであろう。

「父上の無念をはらさねばなりませんぞ」

という声が、始終自分の周囲に渦巻いていたことだろうし、自分としても父の根拠地である千早・赤阪を地盤にして、ひと旗揚げなければならないと思いつづけていたのだろう。

豪族の二代目の宿命といわなければならないだろう。

「なんとしても北軍をたたきつぶさなければならん。父のためにも、故郷のためにも、自分のためにも……」

という信念に燃えたと考えられるわけである。そこで、二十二歳になったときに、北畠勢を攻撃して、その〝威〟と〝意志〟を明らかにしたのだろう。これが、北軍の足利尊氏を逆撫でする結果になったといえそうである。

北軍は高師直を司令官にして、八万余騎という大量の兵を投入して、正行殲滅をくわだてるわけである。考えてみれば、正行としては父の仇をねらうわけだが、周囲に煽られ、二十二歳の身で、父が湊川で感じたと同じような運命を赤坂城で感じてしまうのだ。

戦時中は、これを忠臣のやむにやまれぬ大和魂と賞賛するのだが、どうも河内の人独特の直情径行の行為であったような気がしてならない。師直の北軍が南進してくるというのが正行の耳に入ると、弟の正時以下を連れて、吉野の行宮に参内し、如意輪堂に詣って、一族と共々に過去帳におのおのの名前を記し、塔の扉に鏃でもって、辞世を書き、鬢髪を切って、仏殿に供えているのだ。

——返らじとかねて思へば梓弓
　　亡き数に入る名をぞ止むる

である。

父、正成が湊川で正季と刺しちがえるのと同じ心境で、正行もまた死を決意したのである。戦うまえに死を決意するということは、勇壮な武士の魂というふうにみられるけれども、すでに敗北を予知しながらも進まなければならない心境は、勇壮というよりも自棄気味だともとれるわけである。この結果が、四条畷会戦の端緒となっていく。

北軍が総勢八万であるのに対し、南軍たる正行と、それを援護しようと呼応する勢力は、全部合わせても二万二千だとある。約四分の一である。北軍の歩みを俯瞰的にながめてみると、淀から難波、そして堺（和泉）の方向にきっちりと動いているのである。つまり、北軍は正行らを包囲して壊滅する陣形としては、りっぱに計算され、そのうえ、軍勢は四倍なのである。

正行は千早・赤阪を足場にして、正成と同様の運命をとるのだ。そして、正行の敗因のひとつに、二万もの自軍の勢力を山地にかためている。平地に配しておいたほうがよかったのに、彼は、大半の兵を清滝街道沿いの山地に入れてしまった。

「作戦要務令」の山岳戦の項を見れば、山地で戦いを展開する場合には、「寡兵ヲ以テ衆敵ヲ扼止スルコトヲ得」となっている。少ない兵力を山地に隠しておいて、ゲリラ戦よろしく平地から侵攻する敵を討つほうが効果的であるとしているのである。その理由は、山地に人が多く入れば、かえって交通は混乱し、運動がスムーズにすすまないのだ。そして補給の円滑を欠くわけである。大部隊の山岳戦は不利となっている。

正行は、なぜ、この不利な戦いをやったのかと千早城址に佇んで考えてみた。山に追い込まれたという考えもなりたつが、どうも千早城での父の奇襲成功のイメージが強かったのではないかと思うのである。正成から、山を利して戦ったならば有利に戦いはすすむ、といわれていたのかもわからないと思うのだ。

こういうふうに考えてくると、正成も正行も、かつての千早城・赤坂城での勝利をいつも考えていたのではないかと考えられるのだ。過去の栄光に夢を捨てきれなかったのではないだろうか。

質実剛健ひと筋の豪族

こんなことを考え、もう一度、現在の千早村をながめてみると、正成・正行の気風はいまも残っているような気がしてくるのである。過去の栄光を守っている。それに郷愁さえいだいている。凍り豆腐ひとつにしても、そのあらわれではないか。ドライブウェイに反対するのも、そのあらわれではないだろうか。町に昇格したくない村、でいたいというのも、なにか一脈通じる河内人の頑さのような気がしてならない。

ほんとうのことをいうと、楠正成という人は、よくわからないのである。これが実説というものがなにもない。だから、あくまでも推定・推論しかできないのであって、正成は、たしかに勢力のある豪族であったかもわからないが、新田勢のように都会的なものを身につけていない、質実剛健ひと筋の男ではなかったかと思うのである。素朴(そぼく)であった。そして、なによりも忠臣の名に恥じることのない豪族の誇りを維持したかった。そこで、父も子も敗北したのではないかと思うのである。

千早城を訪れ、湊川(みなと)を訪ね、そしていままでに得た推論は以上のようなものである。ただ、城址(じょうし)を描き、そして、戦闘を書くだけなら、そこには、肉と血が失われるパンフレットふう城めぐりになってしまう。

ガイドになってはいけないと思って、現代からさかのぼってながめてみたが、いや、じつに厄介(やっかい)な作業であったといわなければならない。それにしても正成の心境はどういうところにあったのだろうか。小説ふうにまとめて、正成を河内弁でやれば、まだエネルギーの一端がわかるような気もするのだが。

姫路城

南條範夫

なんじょう・のりお

1908年〜2004年。56年、「燈台鬼」で直木賞受賞。ほかに「命を売る武士」「わが恋せし淀君」など。

千姿万態の大城郭群

戦前、山陽線を汽車で旅行すると、姫路城が緑の樹々（きぎ）の上に屹然（きつぜん）とそびえ、目を洗われるような感じがしたものである。最近は新幹線の駅から、城に向かって真っすぐに延びている大通りの左右に巨（おお）きなビルディングが林立してしまったので、その景観がいちじるしくそこなわれ、城そのものが小さくなってしまったように思われる。

しかし、通りを抜けて城に近づくと、さすがに堂々たる風格をもって、むかしながらの偉容を見せているのはうれしい。

旧幕時代、城下の家々のほとんどが、平家（ひらや）か、せいぜい二階建てであったころには、この城はすばらしい威圧感をもって、天空にそびえ立って見えたことだろう。

山陽路を行く旅人たちは、思わず足をとめて、その名のとおり白鷺が蒼空に天翔けるかのような美しく、さわやかなこの城の姿に見とれたにちがいない。

多くの城がほとんど旧態をとどめないほど破壊しつくされてしまい、殺風景なコンクリートの模擬天守閣だけが幅をきかしている現在、大小天守をはじめ、櫓・渡り櫓・門・土塀・矢狭間・石垣・濠をふくめた大城郭建築群が、これほど残っていることは他に例がなく、ありがたいことである。

四季を通じて、晴天の日はもちろん、雨の日、霧の日、雪の日のそれぞれに、この城が見せる千姿万態の美しさについては、すでに十分に語り尽くされているから、あらためて述べることはすまい。

城につきものの、多くの伝説も、この城に残っている。お菊の井戸、宮本武蔵の妖怪退治、千姫の化粧櫓、遊女高尾などについての伝説は、この城を訪れる人びとがかならず耳にするものであろう。

だが、「播州皿屋敷」の名で名高いお菊伝説は、小寺則職が城主だったころの話である。忠臣衣笠元信の愛人お菊が、謀叛をたくらむ執権青山鉄山の屋敷に忍び込む。青山の臣町坪が、家宝の皿を一枚隠してお菊を折檻《せっかん》して責め殺し、井戸の底に沈めてしまった。それからのちはお菊の亡霊が現われて一枚二枚と皿を数える怪談となる。番町皿屋敷はこれを換骨奪胎《かんこつだったい》したものである。

　現在城中に、お菊の井戸というのが残っているが、これは近代になってこじつけたもの、お菊伝説そのものが、たわいない歌舞伎《かぶき》に仕立てられたつくり話にすぎないのである。

　それに、小寺時代の姫路城は、むろん現在のそれとはまったく違う、きわめて小規模なものである。豊臣秀吉がこの城に入ってから、あらたに三層の天守をおこしてまったく旧態を改めたが、現在のような大城郭となったのは池田輝政《いけだてるまさ》の築造によるものである。

　宮本武蔵の伝説は、文禄《ぶんろく》二年（一五九三）、木下延俊《きのしたのぶとし》が城主だったころのもので、天守に現われた妖怪退治を命じられた武蔵が、天守に上って城の守護神刑部《おさかべ》明神に会い、郷義弘《ごうよしひろ》の名刀を授けられるというのだが、これはまったくのフィクションであろう。第一、武蔵はこのころ、まだ九歳くらいの鼻たれ小僧である。

多くの伝説のうち、史実に照らして実証できるものは、千姫に関するものと、高尾太夫に関するものぐらいである。

とくに千姫は、この姫路城と切っても切れぬ関係にあるといってよい。姫路城という名称自体が、どこやら艶っぽい優美なひびきをもっているが、それに美女千姫がからんでいると、ますます美しい城にふさわしい美しい幻想が浮かぶ。

以下に、この千姫を中心として、姫路城ロマンスの一端をうかがうことにする。

戦国の犠牲になった千姫

千姫が姫路城にいたのは、元和三年（一六一七）八月ごろから寛永三年（一六二六）十月ごろにいたるまでの十年間だけである。

にもかかわらず、姫路城といえば、かならず千姫の名が連想されるのはなぜであろうか。

美人系として知られる織田家の血筋をうけて、美しい姫であったろうと思われること、しかもその美しい姫が、戦国の無惨な掟に翻弄されて不運な一生を送ったこと、その晩年についてまったく無実の、淫らな「吉田御殿」物語などが流布され、一般庶民の好奇心をそそったことなどのためであろう。

じっさいの千姫は、不運な、孤独な、心やさしい性質であり、淫らな行為などまったくない生涯を送った人である。

千姫が生まれたのは、慶長二年（一五九七）五月十日、父は徳川秀忠、母はその夫人於江（小督）である。

秀忠は当時十九歳、いうまでもなく徳川家康の三男であるが、長兄信康が切腹、次兄秀康は結城家を継いだため、徳川家の世嗣としての地位が確定していた。

母の於江はこのとき二十五歳、浅井長政の三女で、豊臣秀吉の側室淀殿の妹である。

生まれたのは伏見の秀忠の邸であるが、秀忠が江戸にもどると、これとともに江戸に移った。

祖父の家康は千姫を愛していたらしい。江戸にいる千姫が病気をしたときなど、心配してたびたび手紙を出してようすを聞いている。

慶長三年五月、太閤秀吉は病臥した。嗣子秀頼はまだ六歳である。

さすがの秀吉も、この幼少の秀頼の将来については気がかりでたまらなかったのであろう。徳川家康・前田利家をはじめ、五大老・五奉行に、くれぐれもその行く末を頼んだ。

とくに家康に対しては、秀頼援助を懇請し、それを確かめるために、秀頼と千姫との間に婚約をとり決めさせた。

秀吉としては、秀頼を家康の孫婿、秀忠の婿にしておけば、ひとまず安心だと考えたのであろう。

こうして、六歳の秀頼と二歳の千姫とは、許婚の間柄になったが、むろん当人同士はまったく知らぬうちに決められたことで、完全な政略結婚である。

秀吉は慶長三年八月死去。

慶長五年には早くも関ヶ原の戦いがおこり、天下の権は、事実上、豊臣氏から徳川氏に移ってしまった。

慶長八年二月には、家康は征夷大将軍に任じられ、江戸に幕府をひらいた。

しかし、大坂城の秀頼を中心とする勢力は、いずれは家康が天下の権を秀頼に返してくれるものと考えていたし、いわゆる豊臣家恩顧の諸大名も、秀頼に心を寄せているものが少なくない。

そうした人たちをいちおう安心させるために、家康は、慶長八年七月、七歳になった千姫を大坂城に送って、秀頼との婚礼の式典を挙げさせた。

実権をにぎった家康が、秀頼・千姫の婚約を破棄してしまうのではないかとあやぶんでいた人たちは、

——やはり徳川殿は律義な方だ。秀頼様をないがしろにするお心はないらしい。

と、非常に喜んだという。

征夷大将軍の孫姫であり、太閤秀吉の世嗣秀頼の正室というのだから、この七

歳の千姫に対して、まさしく日本ファースト＝レディたるべき未来を予想したものもいたことは当然であったろう。

だが、この期待には、まもなく大きな暗い影が射してきた。

家康が慶長十年四月、将軍職を秀忠に譲ったのである。これは家康が将軍職を、自分の子孫に世襲させることを示したものであり、同時に、天下の政権を将来とも秀頼に返す意思のないことを明らかにしたものである。

大坂城中は愕然（がくぜん）として、色を失った。

攻めてくる祖父と父親

客観的にみれば、家康の行為はまったく当然のことであって、いったん掌握した政権を豊臣氏に返すなどというばかげたことをするはずはない。

だが、天下の情勢の変化、徳川氏の実力の飛躍的拡大強化の事実を、十分に認識することのできなかった大坂城の人たちは、政権返還という虫のよい期待を裏切られて、おおいに憤り、なげき、恨んだ。

大坂城の人びととは、具体的には秀頼の母である淀殿とこれをめぐる近臣連中である。

徳川氏に対する怒りは、自然に、千姫の上に集中した。

千姫は七歳のとき、秀頼の妻になったわけだが、それはむろん、かたちの上のことで、現実に夫婦のちぎりが交わされたのは、ずっとのちになってからのことであろう。それが正確にいつのころであるかはわからない。

婚姻当初は、家康の好意を確保するためのだいじな保証として、たいせつにされたことはいうまでもない。

だが、家康が天下の覇者としての地位を明示してしまうと、千姫の地位はまったく違ったものとなった。

徳川氏が、いまや唯一のじゃまものとなってきた豊臣氏に対してどういう態度に出てくるか。いつの日か、実力をもって豊臣氏を圧迫してくるのではないか、といった不安が、淀殿の胸にいっぱいになってくる。

そうしたとき、最後のよりどころは、

――いかに家康でも千姫の婿である秀頼を攻めたりはしないだろう。

ということであり、

――最悪の場合でも、千姫を人質にとってあるのだから、なんとかなる。

というはかない希望であった。

したがって、千姫はこの時期になると、まったく、人質的意味しかもたないものとなる。しかも、この姫の祖父家康、父秀忠は、豊臣家から政権を奪った憎むべき人たちだという憎悪は、隠しようもなく現われている。

千姫の、このころの日常は、おそらく、針のむしろにすわっているような、つらいものであったにちがいない。

姑にあたる淀殿は、ヒステリックになって、当たり散らしたり、憎々しいことばを吐きかけたりしたであろう。夫の秀頼は、母親の言いなり放題で庇ってはくれない。他に妾をおいて、ふたりの子を産ませている。頼るものはまったくなく、まるで敵の城のなかに囚われているような、不安と孤独の日常であったと思われる。そんな生活を十年にわたって耐えたのだ。しかも、千姫の後半生をみると、いささかもひねくれたところや、意地のわるいところはみえない。本質的に、きわめて率直な、忍従の心をもった女人であったらしい。

当時、千姫が唯一の話相手としたのは、ひとつ年下のちょぼという侍女であったらしい。これは、千姫が七歳で大坂城に入ったときから、遊び相手として奉仕していた女である。大坂落城後もずっと千姫につかえ、松坂局とよばれた。

慶長十九年（一六一四）、大坂冬の陣がおこった。

千姫にとっては、いちばん恐れていた、いちばんつらいことが現実となったのだ。

攻めてくるのは、自分の祖父家康と父秀忠である。攻められるのは自分の夫秀頼と姑の淀殿である。

どちらが勝っても、心からは喜べない、無惨な戦いなのだ。

淀殿はじめ城中のものは、家康父子を、

――旧主である豊臣家を滅ぼそうとする悪逆人、孫婿（むこ）・婿を殺そうとする非道人。

と罵（ののし）る。

だが、家康はしいて豊臣家を滅ぼそうとしているのではない。時世の変化を認めて、徳川氏に服属すれば、将軍の婿としてりっぱな大名の地位をあたえようとしているのだ。

秀吉自身、かつての主家である織田氏を臣下にしてしまっているではないか。戦国は実力の世界なのだ。太閤（たいこう）恩顧の武将たちもすべてその冷たい事実を認識して、大坂城をたすけようとするものはひとりもいない。

この簡単明瞭（めいりょう）な事実を、淀殿も秀頼も、どうしても理解することができなかった。

寝首かかれた坂崎出羽守

冬の陣はいったん和平となったが、翌元和元年（一六一五）、ふたたび開戦、この夏の陣で豊臣氏は滅んだ。

そして千姫は、落城まぎわに大坂城から脱出した。

『柳営婦女伝系』によると、

——大坂城落城のとき、山里丸のほしい蔵に逃れた淀殿は、蔵のなかを三つに仕切り、そのいっぽうに自分と千姫、中間に女中たち、他のいっぽうに秀頼を置いた。そして千姫を最後の人質として、逃げないように千姫の振袖を自分の膝の下に敷いて、懐剣をにぎっていた。ところが、刑部卿という侍女が機転をきかせて、ただいま、秀頼様御自害と叫んだので、淀殿がおどろいて千姫を離し、秀頼のいるところに駆け込む。その隙に、刑部卿は千姫を窓から外に脱出させた。

という。

蔵から脱出した千姫をたすけて家康の陣所まで連れてきたのは、坂崎出羽守直盛である。

千姫はむろん、夫秀頼の助命を、祖父に嘆願したであろうが、こうなっては聞き入れられるはずもない。淀殿も秀頼も、ほしい蔵のなかで自害した。

千姫は江戸に移されたが、心身にうけた打撃のため、かなり重い病気をした。家康はさすがに心は咎めるものか、たびたび、心配した手紙を送っている。

家康は自分の政略の犠牲になった孫娘に、なんとかしてもう一度しあわせな生涯をとりもどしてやりたいと考え、本多忠刻との結婚をとり決めた。

忠刻の母は家康の長子信康の娘であるから、忠刻は家康の曾孫にあたるわけである。

家康は元和二年四月に死去したが、同年九月、千姫は忠刻のもとに嫁いだ。千姫このとき、二十歳である。

この結婚に関連して、有名な坂崎出羽守の事件が伝えられている。

大坂落城にあたり、家康は千姫の身を案じ、

——千姫を救い出してくるものはおらぬか、そのものには姫をあたえるぞ。

と言った。坂崎出羽守がこれに応じてとび出していき、火傷を負いながら首尾よく千姫をたすけ出す。

千姫はいったん伏見(ふしみ)城に入って、からだを休め、七月末、伏見を発して江戸に向かったが、勢州(せいしゅう)（三重県）桑名(くわな)まで来ると、連日の雨で、海上が暴れたので、数日間桑名城に滞在した。

このとき、桑名城主は本多美濃守忠政(みののかみただまさ)。

忠政の嫡子(ちゃくし)忠刻は心をつくして千姫を接待する。

忠刻は二十一歳の美貌(びぼう)の若武者、千姫はひそかにこの美青年に心を寄せた。

大坂城内で、長い間、冷たくきびしい監視のもとにおかれていた千姫にとって、はじめて接するやさしい、頼もしい青年であったろうから、これは当然であったかもしれない。

忠刻が非常な美男であったことは、確からしい。紀州徳川(とくがわ)家に「本多平八郎(へいはちろう)絵

姿」という風俗画が伝わっている。

六曲一双の屏風で、左手に歌舞伎男の姿をした本多平八郎忠刻が立ち、右手に禿ふうの少女が、男から頼まれた恋文を、千姫と思われる女人に手渡している構図である。

ふたりの恋愛談が当時かなり評判になっていたので、このような絵が描かれたものであろう。

江戸にもどって母の於江に会って千姫は、再婚の意思を問われると、忠刻の名をもらした。忠刻ならば似合いの夫婦ということで、婚儀が決定される。

これを知って憤然として怒ったのは坂崎出羽守だ。

――姫は自分がもらうはず、大御所様はしかと約束された。

と迫ったが、家康はすでに死んでいる。秀忠はそのようなことは聞いておらぬと、突っぱねる。

坂崎は、怒号した。

――武士の意地、あくまで千姫を本多家に嫁がせるというならば、途中で輿を奪いとっても、志を遂げるぞ。

坂崎の言い分にも一理はある。

幕府では当惑したが、坂崎の家老たちをよび出し、

——なんとか出羽守をおさえねば、坂崎家は断絶になるぞ。

と威嚇した。家老どもは仰天し、内々で相談したうえ、乱酔して眠り込んだ坂崎出羽守を殺害して、その首を幕府に差し出した。

幕府では、

——諫止して隠居でもさせるか、せめて切腹でもさせればよいのに、寝首を掻くとはなにごとか。

と、家老らを斬首の刑に処し、坂崎家を断絶してしまった。

この言い伝えは、劇に仕組まれ、小説に描かれて有名になっているが、いろいろの異説もあって正確な点は不明なところが多い。

しかし、坂崎家が断絶し、千姫が本多家に嫁入ったことは歴然たる事実である。

秀頼の亡霊のたたり

本多忠刻の父忠政は、五万石を加増され、播磨国（兵庫県）で十五万石をあたえられ、姫路城主となった。

同時に、忠刻は部屋住みのまま十万石をあたえられている。これは千姫の化粧料ということであるが、父子の所領を合わせれば二十五万石となったわけである。忠政・忠刻父子は元和三年（一六一七）九月、桑名城から姫路城に移り、千姫も姫路城に迎えられた。

忠政は、将軍家の姫君である千姫のために、大々的に姫路城を修築した。まず大手に近い内曲輪三の丸西南に、自分の居館を築いたが、その東方の桐の門内および西の丸に、忠刻・千姫夫婦のために壮麗な居宅を築いた。

その建物は伏見桃山城をとりこわした用材を用い、建具なども桃山城から移ったものが多く、けっこう善美をきわめたという。

桐の門内の殿中の戸襖にすべて金箔を張り、武蔵野のすすきを描いたものが多かったので、武蔵野御殿とよばれた。

西の丸の殿舎もこれに劣らずりっぱなもので、台所にさえ門があったというし、高い櫓を設けて化粧櫓と名づけ、塗りごめの長局を延々と建てめぐらせた。

庭園には亭（あずまや）を設け、築山を築き、泉水をうがち、遠国から草木をとり寄せ、内濠には屋形船を浮かべた。

いずれも将軍家への謝意を示し、千姫の心をなぐさめるためである。これらの殿舎・庭園のほとんどすべては、いまは見るよしもないが、化粧櫓と長局では、わずかに旧態を残して、いまもなお、姫路城の見どころのひとつになっている。

千姫は、この城に来て、はじめて人生のしあわせというものを知ったであろう。夫は美しくやさしく、舅も姑も、千姫を将軍家の第一女としてたいせつにしてくれる。

一男、一女が生まれた。

元和五年八月、ふたりのつくった連歌がある。

初秋の　風を簾に　まきとりて　　忠刻

軒端におほう　竹の葉の露　　お千

若い夫婦の心相和したさまが、ありありとしのばれる。

だが、この幸福な生活も、長くはつづかなかった。

元和七年十二月、嫡子千代が、わずか三歳で夭折した。

――千姫のしあわせを妬んだ秀頼の亡霊のたたりではないか。

といううわさが飛んだ。

不幸はこれでとまったのではない。

寛永三年（一六二六）四月、忠刻が病臥した。

忠刻はあまり丈夫なほうではなかったらしい。それまでにもたびたび病気をしていたが、このたびは十分の手当てのかいもなく、五月七日、ついに死去した。

時に三十一歳。

千姫は、ふたたび寡婦となったのである。しあわせな歳月は十年しかつづかなかったのだ。

千姫ご乱行の妄説

忠刻の死後、千姫は髪をおろして、天樹院と称した。

徳川家に帰ることが決定し、十一月、姫路を発して江戸にもどり、江戸城南の丸に入る。

十二月二十日、竹橋の居館に移った。

のちに飯田町の天樹院屋敷に入り、忠刻の菩提を弔いつつ、一生を暮らしている。

三代将軍家光、四代将軍家綱の時代を通じて、幕府からねんごろに待遇され、家光の第三子綱重の母がわりの役をもつとめた。寛文六年（一六六六）二月六日、七十三歳で没している。

ところが、俗間伝えるところによれば、千姫はその後半生、吉田御殿の主人公として、淫行すこぶる多く、

——吉田通れば二階から招く、しかも鹿の子の振袖で、

という俗謡は、千姫を歌ったものだといわれている。千姫が御殿の高殿から下を通る美貌の若者を物色し、気に入ったものを御殿のなかに引き入れて、さんざんおもちゃにしたあげく、殺して井戸にほうり込んでしまったという恐るべき残酷物語になっているのだ。

しかし、これはまったくのうそっぱちである。

——吉田通れば、

の俗謡は、東海道吉田宿（愛知県豊橋市）のことを歌ったものである。

吉田宿は、江戸時代に、俗に吉田二十四町のにぎわいといわれ、札木町・本町

あたりがその中心であった。

とくに札木町の大部分の家は、はたご屋であり、その二階から派手な衣装をまとった飯盛り女が、下を通っていく人びとに声をかけて招いた。そのありさまを歌ったのである。

なぜ、それが千姫の居館と結びつけられたかは不明だが、おそらく飯田町の天樹院屋敷が吉田大膳という人の邸地であったため、俗に吉田御殿ともよんでいたので、吉田という名称の連想から結びつけられたものであろう。

さらに深くさぐってみれば、将軍の姫であり、美貌を謳われた千姫が、三十歳で二度までも夫を失い、ひとり暮らしをつづけているという事実に対して、一般庶民があられもない空想をたくましうして、

——千姫ご乱行

の妄説をつくりあげ、それがしだいに尾ひれがついて、真実であるかのように言いふらされてしまったのであろう。

高貴の美女がひとりでいる場合に、こうした無責任なうわさが立つことは珍し

くない。秀吉死後の淀殿についても、大野・石田などとの密通説や、多くの若侍をなぐさみものにしていたとか、いろいろの風説が伝わっている。

淀殿については、多少のことがあったらしいと推定されなくもないが、千姫については、信頼すべき資料に関するかぎり、淫らな所業はまったくない。むしろ、貞潔・清純な余生を送ったことを立証する資料ばかりである。

ところで、千姫が去ったあとの姫路城だが、これは、いろいろの転変を経ている。

まず寛永五年（一六二八）、千姫の産んだ勝姫は因州鳥取城主、池田新太郎光政に嫁した。

寛永八年八月、忠刻の父忠政病死。

次男政朝が家督を継ぐ。

寛永十五年十一月政朝死去。従弟政勝があとを継いだが、翌十六年大和（奈良県）の郡山城に移された。本多氏の姫路在城は二十二年間である。

本多氏にかわって姫路城主となったのは、郡山城主であった松平下総守忠明。

その嫡子忠弘は、慶安元年（一六四八）六月、出羽山形城主松平大和守直基と入れかわりに山形城に移された。

かわって姫路城主となったのは白河城主榊原忠次である。

この榊原氏は二代二十年で去り、ふたたび松平・本多とつづき、合わせて四十年ののち、また榊原氏が姫路城主となった。

この第二次榊原氏の三代めが、問題をおこした政岑である。

遊女を落籍した政岑

榊原政岑は、榊原の分家である千石とりの旗本榊原伊織の次男で大須賀家を継いでいたが、兄が死んだため、榊原家にもどった。

ところが、本家である姫路城主榊原政祐が死亡して嗣子がないため、本家に迎えられて十五万石の当主となった。

時に十八歳、非常な幸運児といってよい。

ところが、この男、その性質放縦で素行がおさまらない。千石の旗本から十五万石の城主になって、少々よい気になりすぎていたのかもしれない。八代将軍徳川吉宗の勤倹政治を横目に不行跡のかぎりをつくした。

江戸では大名の身をもはばからず、しばしば新吉原に通って遊興をした。

そのうち、三浦屋の遊女高尾に惚れ込んだ。

高尾という名は元吉原時代から三浦屋に代々伝わった太夫名であるが、政岑の惚れたのは十代め（七代めとの説もある）高尾である。

ついに寛保元年（一七四一）六月、身の代金二千五百両で高尾を落籍し池の端の屋敷に入れた。このとき、吉原の遊女を総揚げして披露を行ない、家臣に命じてりっぱな駕籠行列を組んで高尾を迎えとった。その費用はすべて三千両にのぼったという。

さらに、姫路に帰るとき、この高尾を引き連れていき、城の西にある西屋敷に住まわせた。

政岑の不行跡はこれだけではない。

幕府の役人が藩邸にやってきたとき、みずから金入りの上下をつけ、上段の簾のなかで豊後節の弾き語りを実演してみせ、

——気分すぐれぬときはいつでも来られるがよい、弾き語りをお聞かせしよう。

と得意顔だったという。

将軍吉宗に拝謁したときも、萌え出るばかりの萌黄色のこはくの上下に、白糸で車輪の紋を縫ったものを着し、白柄の両刀を差して、まるで雛人形のようにけばけばしい姿だったので、吉宗はあきれてことばもかけなかった。

江戸から早打ちの使いが着いたときも、政岑は江戸から招き寄せた役者とともに芝居をやっていて、みずから梶原景清の役をつとめていたが、使者の到来で、あわてて衣装や道具を焼き捨てたという。

諸大名を自分の邸に招待して月見の宴を催したとき、座敷に大きな台の上に山形をつくり、芒に月の出る態にみせ、宴半ばで政岑が手を打つと、山がふたつに

割れて、なかから天女の姿をした踊り子十二人が飛び出して乱舞したので、一同、肝をつぶした。

高尾のほかにも、京の遊女や有馬の湯女を落籍して姫路へ連れてきたり、姫路城下の商人の妻を城に引き入れて返さなかったり、乱行をきわめた。

この政岑の行為を弁明するものもいる。

政岑は名古屋城主徳川宗春と仲がよかったが、宗春は豪放な性格で、将軍吉宗の消極的倹約政策に不満で、ことさらに奢侈遊行をやった。政岑はこの宗春と、吉原で会合して反吉宗政策を練ったのだという。なんの根拠もない妄説である。

老臣たちはしばしば政岑を諫めたが聞き入れない。幕府はあまりに悪評が高くなったので、隠密を姫路に派遣して十分に探索させた結果、姫路の政岑に対して急使を遣わして、

——ご用につき、ただちに参府せよ。

と申し渡した。

政岑はいそいで江戸に上ったが、老中列席のもとに僉議が行なわれ、

――不行跡につき隠居謹慎を命じ、家督を子政永にあたえ、追って所替えとする。

という判決をあたえられた。寛保元年十月である。

高尾身請けのことは当然詰問されたが、家老の心利いたものが、

――高尾は政岑の幼いころの乳母の娘、苦界に売られているのを哀れに思って身請けいたしたもの、けっして好色のためではありませぬ。

と弁解したので、この件は不問に付され、不行跡の点だけを罰せられたのだという。

榊原家は翌十一月、越後(新潟県)高田に転封、政岑は高尾を連れて越後に移って蟄居したが、寛保二年病死した。高尾は髪を落として連昌院と称し、江戸池の端の屋敷に住んで、終生政岑の菩提を弔った。

この女は、いつも侍女に、

――わたしのために殿さまはお咎めをうけられた。わたしは罪深い身、わたしが死んだら死体は野原か海河に投げ捨ててたもれ。

と言っていたという。

榊原氏のあと、松平大和守明矩が姫路城主となったが、その子朝矩のとき、上野（群馬県）前橋城に移され、酒井忠恭がこれにかわった。

この酒井氏が明治維新まで、百二十年間にわたって姫路城の主となったのである。

姫路城という名のせいか、この城の歴史には、最後まで女人がからんでいるようだ。幕末に近い天保年間（一八三〇～四四）にも、十一代将軍徳川家斉の姫喜代姫が、姫路城主酒井忠実の甥忠学に惚れ、結婚することになったので、忠実は自分の実子がいるのに、心ならずも忠学をあと継ぎにしなければならなくなっている。

鳥取城

田中澄江

たなか・すみえ

1908年～2000年。「カキツバタ群落」「夫の始末」「花の百名山」など。夫は作家の故田中千禾夫。

下剋上のさなかで

戦中戦後の数年間を、鳥取市の湯所という町で暮らした。池田光仲から慶徳までの十二代二百四十年近く、三十二万五千石の藩主として、城を構えていた、久松山の南麓にあたっている。

徳川初期の『稲葉民談記』に、「岩石峨々と聳えて、苔千歳を重ね、松柏鬱々として生い茂り、梢万古の緑を残す」と書かれた久松山は二六四メートル、鳥取市の北をさえぎり、東に太閤ヶ平、西に雁金山・丸山の支峰を連ねていた。

太閤ヶ平のもとの名は帝釈山である。天正九年（一五八一）、羽柴秀吉が二万の軍勢を率いて姫路から戸倉峠を越え、若桜・私都・宮ノ下・岩倉を経て、久松山を西方に望むこの山に進出、本陣を設営して以来、本陣山、あるいは太閤ヶ平とよばれるようになった。

かつて、因幡と伯耆国であった鳥取県は、東で兵庫県の但馬に接し、南に美作、広島県の備後がつづき、それぞれの国境を中国山地の一〇〇〇メートルをこえる峻嶺が囲んでいる。西の出雲（島根県）との境には、白山火山帯に属する一七一三メートルの伯耆大山が偉容を誇り、これらの山々を源とする千代・天神・日野川などの流域にのみ、わずかに平地がひらけて、海岸には砂丘や潟湖の発達がいちじるしい。

天然の要害ともいえるようなこの地方は、室町の初期、山名時氏が十一か国を領有して勢威を張り、但馬に近い岩常に城を築いて、守護大名家の居城とした。応仁の乱のあとは領土も縮小されたが、文正元年（一四六六）、山名勝豊のとき、湖山池のほとりの布施の天神山に城を移した。天文十四年（一五四五）、その曾孫の誠通は、同族で但馬の守護職山名祐豊と領国問題で争い、久松山に出城をつくって、定番を置き、但馬側の来襲にそなえることにした。

天神山は五〇メートルそこそこで、回りは一面の平地であったから、どこからのぼるにも急坂をじかにのぼるような久松山がえらばれたのである。

定番の役は、すすんで家老の武田豊前守が引きうけるようになったが、若狭（福井県）の国守武田信賢の庶流である豊前守は、本城から離れたのを好機として、久松山の周辺に濠をつくり、矢倉を建て、ひそかに山名氏打倒の野心を実現しようとした。豊前守は中途で死んだが、その子の高信は、天文十七年、誠通が但馬勢に討たれると、その混乱に乗じて天神山への叛意を明らかにした。

永禄六年（一五六三）、山名方では千代川を渡って湯所から攻め込み、武田方も山を下って、湯所で両軍が衝突、双方に多くの死傷者を出した。

誠通には源七郎・弥次郎の二子があったが、ふたりとも高信の策謀にかかって兄は毒殺され、弟は討たれた。但馬方の山名豊数がかわって戦陣に立ったが、病を得て、弟豊国にあとを頼んで死んでしまった。

布施の天神山城と久松山とは、千代川を隔てて指呼の間にある。歩いても一時間半とはかからぬ近距離である。

わたしたち一家が住んだのは、湯所の中心ともいうべき位置にあって、西向きに建てられた家の前の道は南に袋川を渡り、千代川を越えると、天神山のふもとまで、ほとんど一直線に結ぶことができた。ふたつの城が相対峙（たいじ）しての緊張感は息づまるようなものであったろう。

布施は湖山池の東端にあたっていて、池から日本海に流れ出る水路をたどれば、三十分足らずのうちに賀露（かろ）の港に着く。

湖畔を南から西に回れば、防己尾（つづらお）・鹿野（しかの）など、山名方の国侍（くにざむらい）が布施の砦（とりで）のようにかため、天正元年、武田高信が、山中鹿之介（やまなかしかのすけ）を加えた山名豊国の軍兵に敗れ去るまで、百七年間、久しい年月を山名氏の城下町として、栄えたのである。

湖山池は、魚貝が豊富に棲息（せいそく）し、千代川に注ぐ野坂（のさか）川のあたりは、湖山長者の伝説を残しているように、水田耕作に適した肥沃（ひよく）の土地なので、泰平の世であれば家族ともどもに暮らしをたのしめる場所であったろう。

しかし足利（あしかが）幕府の崩壊は目の前にあり、諸国に群雄が割拠して、われこそは天下びと第一等のものになろうという夢にかきたてられていた時期である。

武田高信は敗死したが、新しい敵が名門山名氏をとり囲んで、天神山より移った久松山の城をおびやかすようになった。

永禄九年、毛利元就が尼子義久の月山富田城を陥落させた。応仁の乱のあとの山名氏の衰退に乗じて、出雲の守護代尼子氏と、周防（山口県）の守護大名大内氏とは、しばしば戦って、たがいに領土の拡張におこたりなかったが、大内義隆が家臣の陶晴賢に殺されると、大内氏の部将の毛利元就が陶氏を滅ぼし、中国地方の征覇をねらって、くり返し尼子氏の富田城のある月山を猛攻した。まさに実力が先行する下剋上の世であった。

尼子氏には名将山中鹿之介があり、尼子勝久を奉じ、出雲の故地奪回のため京に上って織田信長のたすけを願った。京から山陰に入る道を海上にえらび、因幡まで来ると、武田高信と山名豊国が争っている。鹿之介は、高信のこもった久松山を攻めて、その要害の地であることを確かめ、豊国に協力して高信を敗走させたが、豊国が毛利氏と同族の吉川元春側についたということを知ると、鳥取城を奪い返す戦いをしかけた。尼子氏のためにこのすぐれた山城がほしかった。

吉川氏は山名氏をたすけて鹿之介の望みをうち砕いた。天正三年の八月のことで、この年の四月、武田勝頼は信長や徳川家康の兵たちと三河（愛知県）の長篠で凄絶な死闘を展開、五月に敗れている。信長が大坂の本願寺と戦い、伊勢（三重県）長島に一向一揆の民たち数万を虐殺したのは、この前年である。

怒濤のごとき大軍

尾張の守護斯波氏の守護代家臣、織田信秀の子として生まれ、十六歳で父の跡継ぎになった信長は、永禄三年（一五六〇）、東海地方の大名、今川義元の大軍を雷雨のなかに急襲して壊滅させ、永禄十年、斎藤龍興を攻めて美濃（岐阜県）の稲葉城を奪い、同十一年、北伊勢を攻略、元亀元年（一五七〇）、妹お市の夫、浅井長政を姉川に破り、翌二年、比叡山延暦寺の堂塔を焼いて三千の僧侶たちを火中に殺し、天正元年（一五七三）、朝倉義景を越前（福井県）で、浅井長政を小谷城で自殺させた。

怒濤のように強大な力で押しきって、中央での覇業を達成するため、じゃま者をことごとくうちたたき、うち滅ぼそうとする信長のかたわらには、忠実な僕の羽柴秀吉がいた。

貧しい農家の子として生まれた秀吉には、誇るべき家系も家柄もなく、ひたすらに信長の手足となって働き、ときに狂気かともみえるほどの横暴きわまる主君に従順につかえた。

天正四年、信長の石山本願寺との戦いが再開され、毛利氏は本願寺方について、信長方と対立した。

すでに元就は死んで、その孫の輝元の代になっていたが、吉川・小早川氏を一族に加え、尼子氏をおさえて中国地方を掌握し、北陸の上杉、甲斐（山梨県）の武田と手を結んで、信長の覇権達成を阻もうとする動きが活発であった。天正五年、信長は秀吉に中国征討の軍を進めさせた。

十月、一万二千にも及ぶ大軍は播磨（兵庫県）の上月城に毛利方の赤松氏を囲んだ。

城主赤松政範は、毛利氏との誓いを守って、秀吉の降伏勧告を一蹴し、仁位山に陣を構えた秀吉と相対して一族の力を結集して、緒戦の勝利を飾ったが、秀吉には歴戦の戦いじょうずともいうべき才があり、加えて大量の増援軍を注入し、譜代重恩の志に死闘をつづける赤松勢を圧倒し、その年の暮れの十二月三日、政範は宇喜多家から来た妻との間に生まれた二人の娘を刺し、妻の自害を見とどけてから、生き残った家臣に別れを告げて割腹自殺した。

秀吉軍に加わっていた山中鹿之介は、宿敵毛利方の敗戦を喜び、上月城の守備をまかせられて、尼子家再興を願う尼子勝久を京より迎え、一度は宇喜多勢に奪われたが、しばらくは上月城にこもることができた。

翌年、秀吉が東播磨の名族三木城主別所長治を攻撃中に、毛利の大軍を迎えて滅び、勝久は自殺、鹿之介は捕えられて護送の途次、備中（岡山県）松山の高梁川の阿井の渡しで不意打ちに斬られた。

鳥取の久松山を守る山名豊国は、山を越えてつぎつぎに知らされるこれらの悲報をどんな思いで聞いたことか。

美作は播磨に接している。

鳥取から京に行くには、南の戸倉峠を越えて姫路に出るのがいちばん近い。昨日の播磨の悲劇は、明日の鳥取の悲劇になるはずである。

秀吉は上月城が落ちたあとで、罪もない近隣の女、子ども二百人あまりを捕え、田圃のなかに多くの柱を打ちたてて横木をわたし、女たちを並べて絞殺した。泣き叫ぶ子どもたちは鋭い槍の刃先で串刺しに殺された。

赤松氏の頑強な抵抗に、数多の軍兵を失った腹いせか、中国筋の毛利方に今後の見せしめとするためか。

天正八年一月、一年半にわたって、秀吉軍に徹底抗戦していた三木城も包囲作戦による兵糧攻めに苦しめられ、弱冠二十三歳の城主長治が城内の兵のかわりに切腹することをもって落城した。上月城と同じく、ここでもその子どもたちが長治の手で刺し殺され、妻は自害した。

三木のつぎは鳥取である。

同じ年の五月、秀吉の弟の秀長は、鳥取攻めにそなえて但馬の出石城を攻略、南の私都・船岡の城を落とした。

六月には秀吉が若桜城をおさえ、鹿野城も降した。

山名豊国には、降伏すれば因幡一国をあたえるという秀吉からの申し入れがあり、はじめから戦意を失っている臆病な城主はあっさりと承知した。しかし秀吉は返事がおくれたからと難癖つけて、法美・邑美の二郡だけをあたえるにとどめた。この豊国という人は、名門の末流にしては恥も外聞もなく、保身第一に、いままでにも毛利方、尼子方の両方に傾きがちであったから、その節操のなさをうとんじられ、この鳥取城が危急存亡の時を迎えようとするとき、城主として仰ぐに足らずとされて、山名家の重臣森下道誉・中村春続が相はかって、豊国を追放した。

秀吉は、第二回目の鳥取攻めをくわだて、若狭から船を回して、因幡の海沿いの地で米や豆などの食糧を買い占めはじめた。

天正九年一月、森下・中村の二将は吉川元春に毛利方から豊国にかわって城を守る武将を擁してほしいと訴え、石見国（島根県）福光の城主吉川経安の嫡男、経家(いえ)が着任した。

三十五歳の働き盛りであった経家は、元春から、もしも秀吉を撃退したら、因幡で六百石の土地をあたえるといわれたが、もとより死を覚悟しての出陣であったろう。家来に自分の首桶(くびおけ)を持たせ、長男の亀寿丸(かめじゅまる)には、あらかじめ、自分の領地の一部をわけあたえた。

二月の山陰の空は晴れ間を見せることが少なく、その日も雪か雨ではなかったろうか。三人の男の子と三人の女の子たちはその母とともに、父のまなざしのなかに万感の思いをくんで、涙をおさえて見送ったことであろう。

船は賀露(かろ)の港から、千代川(せんだい)をさかのぼり、袋川(ふくろ)に入って、湯所(ゆところ)のあたりから上陸したのではないだろうか。

吉川家から四百人の軍兵があとにつづき、山名方の兵は千人。毛利方の加勢の兵が四百人。これに近くの町民、農家の人をあわせて四千人あまりが久松山にこもることになった。

経家は城内を検分し、なによりも食糧の不足を案じた。四千人が籠城(ろうじょう)するのにはあまりにも少ない。森下や中村に確かめると、近在の農家の食糧は、金にあかして秀吉に買い取られてしまったという。

経家は五月、石見の故郷に城内のようすを伝え、食糧の補給を頼んだ。また、山伏に秀吉方の情勢をさぐらせ、来攻の時期は七月から雪の降るまえの十月までと予想した。怪しからないことに、秀吉に降伏した山名豊国は、鳥取城攻めに加わるらしいこともわかって、城内の武将たちは志気を高めた。もともとは山名氏の居城であったものを、みすみす敵の手に渡し、しかもなお敵の味方をして、かつての家臣たちを裏切ろうとする。その卑怯卑屈の心根にくらべれば、吉川経家はなんとみごとな武将であったろうか。

武門の義理に感じて死を賭して、他人の城を護持しようとしている。この大将の下ならば、自分らとて命は惜しくはない。

人びとは勇みたって、城の濠を深くし、雁金・丸山に砦を築いた。雁金山を守ったのは塩冶周防守、丸山は奈佐日本助。ともに秀吉を憎んで行動をともにしようとする勇将たちである。

賀露の港からの救援物資がようやくとどきはじめたころ、六月、三万余の軍兵を引き連れて秀吉は姫路から鳥取に来着、久松山や雁金・丸山をすぐ目の前に望む帝釈山、二四一メートルの頂に陣を構えた。

久松山からも帝釈山は真下に望むことができるので、かねて覚悟とはいいながら、そのあまりにも大軍であるのを知って、城内の人心に不安と恐怖がひろがっていったことだろう。

秀吉は久松山を孤立させるために、その北や南にそれぞれの部将を配置し、雁金山・丸山との連絡も断ち切らせ、とくに賀露港や千代川の河口をかためて毛利方からの補給を妨げるようにした。包囲軍の輪は一二キロに及び、約一キロごとに三層の櫓を築いて、弓や銃を持つ兵たちを置き、約五〇〇メートルごとに見張り所をつくって監視の兵たちを配置させ、夜になると、二、三メートルごとに篝火を焚いて昼のような明るさを保った。時を告げて本陣の鐘が鳴れば各陣地でいっせいに太鼓を打ちたたいたというから目ざましいばかりの大戦である。

六月の末、元春は家臣に命じて兵糧をとどけさせようとしたが、夜もこのようなありさまで、久松山を眼前にして一歩も近づくことができず、かろうじてひとりの武士が空身(からみ)でしのび入って、救援の軍をかならず出すからと、激励するにとどまった。

七月、八月と暑さは加わり、食べるものは窮乏化して、城兵は生きながらの餓死に追い込まれ、木の根、草の根を食べ、ついには死者の肉も口にするようになった。そのとき、死者の近親がその肉を食い、子は親を、弟は兄を食べたという。敵の弾丸に当たって瀕死(ひんし)の重傷を負ったものをも、早く死なして苦痛を少なくさせてやるのだと、無体に斬(き)り殺し、節々をはずして食べた。

九月、毛利方の運送船五隻が兵船に守られて賀露まで来たが、秀吉方に捕えられて船を焼かれ、護衛の武士も殺されてしまった。秀吉方は、さらに西の伯耆(ほうき)の海で待機する毛利方の六十五隻の船を奪った。九月の末に降伏勧告の使者が送られたが、なお抗戦の意思を示して使者を斬って捨てた。

十月二十日、堀尾吉晴(ほりおよしはる)が秀吉の命をうけて、経家に降伏をすすめにいった。経家と毛利方の兵は、すぐにたすけて国もとに送り返す。森下と中村だけは、山名家の重臣でありながら、主君を追放した不忠なものだから切腹させること、塩冶周防守・奈佐日本助は山賊・海賊のたぐいであるから見せしめのために首をはねる。

その三つが条件であった。

経家は答えて言った。

自分は不肖の身に大将の号をうけた。どうして鳥取方の人びとばかり殺させて命を全うできよう。そんなことをしては元春公に合わせる顔がない。人生は百歳に満たず、春の夜の夢のようなものである。わずかな命を惜しんで歴史に残る名を汚したくない。それに森下・中村のふたりは、山名家には不忠であっても、毛利家には忠臣である。ぜひ、このふたりの命をたすけてほしい。自分はたとえ加番の身であっても鳥取城の大将であった。自分だけが自殺するから、ほかのものは見逃してほしい。

秀吉は経家のこれらのことばに感激して、このようにりっぱな武将を殺しては自分の不名誉になると、なかなか許さなかったが、経家の意志のかたいのを知って、ついに切腹を認めた。

二十三日、秀吉から贈られた酒を飲みかわし、経家は城兵やその家族と別れの宴をして、声涙ともにくだる挨拶(あいさつ)をした。自分のようなものを大将と仰いで、ながい籠城に耐え、最後まで力をあわせて敵に当たって、ただひとりそむくものがなかったのは、経家にとってのしあわせ、死んでも忘れられないこととありがたく思っている。

その沈着なことばに人びとは泣いた。

二十四日、元春の三男経言(つねとき)や、父や長男亀寿丸や家臣にあてて遺書を書き、二十五日、切腹を控えて、秀吉と、父と、子どもたちに手紙をしたため残した。

武士として最善をつくし、このような最期を迎えることは名誉であること、ながい年月自分につくしてくれたことを感謝すること、ことに子どもたちには父が二百日の戦いを経て、人びとのために死ぬことを喜んでほしいと平仮名で書かれているのが胸をうつ。

切腹の場は久松山麓(さんろく)の真教寺(しんきょう)。検死の役は堀尾吉晴。行水ののち、好みの青黄色の袷を着て広間に現われ、上座に具足・唐櫃を置いて、人びとと別れの杯をかわし、介錯の武士に向かって高声に笑い、具足櫃に腰をかけて、大音で言った。このようなことは稽古したことがないから不調法かもしれない。

福光・若鶴などの近侍の武士もあとにつづいた。

その前日、森下・中村、塩冶周防・奈佐日本助たちもそれぞれの陣屋で切腹した。

今も聞こえる経家の慟哭

湯所のわたしの家の前の道を北にすすむと雁金山の山腹を抜け、円護寺という集落におりる隧道があった。

わたしは三日に一度はかなり急坂のその道をのぼり、円護寺に野菜の買い出しに行った。

鞍部はサイノカミタハとよばれて、この戦いのとき、秀吉方の武将、宮部善祥坊が攻めのぼり、久松山と雁金山の連絡を断ったところである。

赤松の多い雁金山の左の谷ぎわに、塩冶周防守城址という石碑が建っていて、はじめ、久松山とは池田家の城とばかり思っていたわたしは、その人がこの山でなにをしたのかわからなかった。ただ、ちょうど急坂をのぼりきったところにあるので、いつもその標識をひと休みする目安にした。

戦争中で道路の修復まで手が回らないのか、岩石が露出して大きな礫がごろごろしている悪路は、雨の日は小さな滝のように雨水が流れ落ちた。

そこがかつての古戦場とも知らず、その標識のかたわらの草に腰をおろして、目の前におしかぶさってくるような久松山の西斜面を見あげると、まことに急峻で、いかにも守るにやすく、攻めるにかたい山城だということがわかる。

関ヶ原の戦いのあと、因幡の邑美・法美・巨濃・八上という四郡六万石の領主になった池田備中守長吉は、山頂のもっとも展望のよいところに、二重の天守閣をつくったというけれど、百年ほどたってから失われたが、二度の落雷に炎上したのだと語ってくれたのは円護寺の農家の老翁であった。

馬鈴薯や玉ねぎや二十世紀梨などを買うためにたびたび通ううち、ぽつりぽつりと、三百六十何年むかしの、久松山攻めの悲劇を話してくれた。

サイノカミタハの谷間にはどれだけ多くの屍が埋もれているかわからない。塩冶周防守の軍兵と宮部善祥坊の軍兵たちがだいじな鞍部の地点を奪いあって血みどろの死闘をくり返した。重傷の瀕死の兵たちのうめき声が谷間を埋め、いまもあのあたりを通ると木々の葉をどよもす風の音にまじって聞こえてくるような気がするという。

そんな話を聞いた帰り道では、悪路に散らばる小石が朽ちた白骨の一片に見えたりした。

宮部善祥坊は、天正九年（一五八二）、サイノカミタハの確保の功によって秀吉から鳥取の城主五万石の地位をあたえられたが、いくほどもなく関ヶ原の合戦に敗れて、池田長吉がかわった。鳥取城死守にこめられた因幡びとの思いだけでも、善祥坊に城は渡されなかったのであろうと老翁は言った。鳥取はけっして雷の多いところではないが、時ならぬ三月や十一月の寒いときの雷が天守閣を焼いて、二度と建つことはなかった。

吉川経家（きっかわつねいえ）の墓は、五反田（ごたんだ）とよばれる円護寺の山寄りの畑のなかにある。サイノカミタハを北におりて、まっすぐに村を抜け、右に太閤ヶ平（たいこうなる）に向かって行く道のほとりである。

切腹後、遺骸（いがい）は城内の青木局（つぼね）というところに埋葬されたが、「いまは此（この）寺旧地に移され、何がそれならんと知りがたし」と『古代真教寺記（しんきょうじき）』に書かれていて、池田長吉が鳥取城を構築しなおしたとき、改葬したのである。

すこし小高く土を盛りあげて石垣で囲み、石段をのぼったところに円護寺石でつくった大きな五輪の塔が太閤ヶ平に向かって据（す）えられている。その両側の小さな五輪の塔は、殉死した福光（ふくみつ）小三郎・若鶴甚右衛門（わかづるじんえもん）のものである。

かたわらに経家の辞世の歌を刻んだ石が立てられている。

君が名をあだになさしと思うゆえ
末の世までと残しおくかな
いにしえのかりの庵(いおり)と住みかえて
もとの都にかえりこそすれ

墓をおおって、大人がふたりでかかえるようなタブの大樹が、枝も豊かに茂っている。藩政時代のながい年月、池田家の城であることに慣れてしまったのか、鳥取の人びとは吉川経家公の死だけを語り伝えて、弔う人もなく、墓はただ一本のタブの木が守るのにまかせていた。

明治十五、六（一八八二、三）年のころ、沖原という旅団長の軍人が、経家の生涯(しょうがい)を武人の鑑(かがみ)として尊崇し、その墓をさがし求めて来て、この荒れ墓の主こそ経家にちがいない。いまでこそひらかれて畑地になったが、このあたりは、かつては久松山の山腹の密林の一部である。なによりも、このタブの大樹が、その年数を示しているといって学者に調査を頼んだ。

経家の首は安土の信長のところに送られ、遺体は福光に持って帰ったという説もあるが、明治三十四年、この太閤ヶ平に向けて建てられた古墓こそ、経家とその殉死者のものと、瀬川文学博士が断定した。

日清・日露のふたつの戦いのあとで、ようやく明治四十二年に墓やその回りが整備され、以来、同じ秀吉の中国攻めの戦に、城兵の命を救うために割腹自殺した備中高松城主、清水宗治と並んで、その志操の壮烈さをたたえられている。

戦争の末期、東京や大阪・神戸をはじめ、全国の主要都市が空襲の犠牲にさらされていたとき、航空機用の油をつくるのだといって「松根掘り」という作業が課せられるようになった。わたしたちは「隣組」単位に動員されてスコップや唐鍬をかついで毎日のように、久松山や雁金山の赤松の根を掘りに出かけた。

久松山に裏から入るには、円護寺から吉川経家の墓のわきを通って、山の北側の谷をわけ入って行くのである。

久松山の南面には暖地性の植物が、北面には寒地性の植物が多く、椎や椿やウリカエデやタブや赤松などがほとんど自然のかたちで密生し、下草にはツワブキが多い。籠城の人びとがいちばん先に口にしたものであろう。ヨモギやヨメナのたぐいやヤマウドもあって、これも食べられる草である。クコやイカリソウは元気の出るものとして重用されたであろう。ワラビやゼンマイや、ショウジョウバカマやユリの根もだいじな食糧となるけれど、スズメノカタビラやコメガヤやベニシダや十文字シダはどうであったろうか。

松の根をさがすよりは、三百何十年まえの籠城の人びととの追いつめられた瞳が浮かんで、自分もそのひとりとなったような感慨で胸がしめつけられた。

緒戦の勝利も水の泡となって、ガダルカナル・アッツ島・タラワ・マキン・サイパン・硫黄島などの全滅の悲報は、いつ日本列島全体の運命となるかもしれなかった。昭和二十年の八月十五日、戦争が終わって何日のあとであったろうか。わたしは明治十二年、軍隊によって解体された鳥取城の頂にひとりでのぼった。

明治十一年、入札が行なわれたが、だれも買い手がなく、山上の月見櫓も、多聞櫓も、藩主の居館のあった二の丸の建物も、若君の居館や老公の隠居所のあった三の丸の建物も、ことごとくこわされてしまって、いまはただ石垣を残すばかり。三の丸跡には当時の鳥取一中、現在の鳥取西高校が建てられ、その正門はかつての太鼓の御門である。

わたしは濠を渡って、かつての馬場の跡と思われる正面の空地の裏の小路をたどった。いきなりの急坂で、円護寺へ行く道と同じようにここも礫が多い。途中、崖を削って湧き水を利用した井戸があり、ひっそりと、すこし濁った水がたまっていた。

頂上近くなるにつれて、昭和十八年九月十日の鳥取大地震で崩壊したのであろう、組まれた石垣の石のなだれ落ちて谷側にかさなりあっているところがあり、思いがけない時間をとったが、わたしはただひたすら山のいちばん頂の土をわが足で踏みたかった。吉川経家が西のかた、千代川の河口を、賀露の港を遠望して、毎日のようにのぼり、毎日のように佇んで、援軍はまだか、救援の物資は来ぬかと待ち望んだ場所。そこはいま、夏草の茂るにまかせ、ただ監視者の住む小さな建物と、見張り所に至る道だけが草をわけていた。

日盛りの草いきれにむせながら、ふと、『奥の細道』の「夏草やつわものどもが夢のあと」の句が浮かび、「国破れて山河あり」の一節が胸をかすめ、人かげもなくひっそりとした見張り所に立って、祖国日本が敗北した虚脱感と、落城をまえにした吉川経家の痛哭の思いがかさなった。

元和三年(一六一七)、播磨の領主池田利隆が死んで、わずか八歳の池田光政が跡を継いだが、幕命によって、鳥取城に移封された。播磨は近畿地方と中国地方を結ぶだいじな場所なので、働かない領主ではつとまらないとされたのである。

播磨では四十二万石であったが、鳥取では三十二万石。十万石を減らされたのだけれど、それでもうける鳥取側としてたいへんなことであった。禄高三十二万石で四十二万石の家臣を養わなければならない。しかも長吉の時代には六万石であった。

元和五年、光政の来鳥を機会に、城下町を大拡張する工事がおこされた。まず久松山麓を流れる袋川を南に川を掘って流れを変え、新しくできた土地に町人や職人を移し、山麓から湯所口・立川口にかけて侍屋敷をつくる。町人町と侍屋敷との間に大きな寺をつくって、いざ戦いというときの兵士の宿舎にあてられるようにする。

新袋川を外濠とし、在来の濠を内堀として、二の丸・三の丸、米蔵を置く。

長吉の城普請は戦術のためであったが、光政の時代はそれからわずか十五年足らずで、藩士や町民の経済生活をだいじにするものになった。戦国動乱の世は、徳川政権の安定化につれて静かに過去のものとして去っていったのであった。

寛永九年（一六三二）、岡山城主池田光仲が鳥取城主となった。これも幼少三歳での家督相続であったので、山陽道筋の備前よりは、交通量も少ない山陰道の鳥取と交替させられたものである。以来、光仲の子孫が因州池田藩の領主として定着するようになった。

昭和三十二年、史跡に指定され、同四十年、石垣の補修ができ、鳥取城は中世の戦争のための山城と、近世の領主の住居としての城がうまく組み合わされたものとして、久松山の緑とともに山陰道の空にながい歴史のあとをとどめている。

その後幾度となくのぼり、ロープウエーができてからは、北面の道から本丸の跡に容易にたどり着いて、天守櫓の瓦の破片をひろったこともある。池田家の蝶のもようが焼き込まれていた。

先年、鳥取市の繁華街、若桜街道にある真教寺で、吉川経家の三百九十年の法要が行なわれたときの写真を、真教寺の一室で、御住職の二十九世諦誉賢晃氏から見せてもらった。吉川経家の子孫という、柔和でやさしい表情の吉川光春氏の前後左右を、ともに鳥取城にこもったかつての武将たちの子孫がとり囲んでいる。森下道誉・中村春続の子孫もいる。若桜街道に面した大きな商店の当主たちである。大正九年から、十年ごとの大法要が欠くことなくつづいているという。なつかしそうに、たがいに寄り添って立っている。その一葉の写真を見入っているうちに、涙があふれてきた。四百年近い月日を、鳥取城を守ろうとして死んだ人たちの魂が、なお脈々と生きつづけているのを感じたのである。

塩冶周防と奈佐日本助の墓は、湯所から砂丘へ行く途中の、丸山の丘のほとりにある。その前を通るたび、戦国の世がそこに息づいているような気がする。

名護屋城

豊田有恒

とよた・ありつね

1938年～。「モンゴルの残光」「崇峻天皇暗殺事件」、ノンフィクションに「神道と日本人」「神話の痕跡」など。

隣国侵略の前進基地

名護屋城址を訪れたのは、一九七五年の夏のことであった。古代船「野性号」の航海に同行し、壱岐（長崎県）から呼子（佐賀県東松浦郡）へ寄港した折、日韓の隊員そろって、地元の史跡をめぐり歩いた折のことであった。

邪馬台国への道を探るという目的であるから、史跡といっても、呼子港の湾口を扼するような加部島の古墳や、海蝕洞七つ釜の近くの弥生遺跡など、古代史関係のものが多かったが、名護屋城もこの周遊ルートのなかに加えられていた。おそらく、日韓混成メンバーで、この城址を訪れたというグループは、このときのほかには、それほど多くないだろうと思う。

案内を買って出てくれた地元の人は、大手門のところで車をおりるなり、さっそく説明にとりかかった。

「豊太閤(ほうたいこう)の朝鮮征伐の折は、ここが本営になり……」

というような話からはじまったわけである。豊太閤の朝鮮征伐というのは、いうまでもなく、文禄(ぶんろく)・慶長(けいちょう)の役、朝鮮側でいう壬辰倭乱(イムヂンウエラン)のことである。

日本側メンバーは、なんとなく、申しわけなくなった。現に目の前に、韓国側メンバーがいるわけである。侵略した側と、侵略された側が、共通の感情をもって、歴史を共有することはできない。

韓国では、豊太閤――つまり、豊臣秀吉(とよとみひでよし)を、わざと音読みして、豊臣秀吉(プンシンスーギル)とよぶ。伊藤博文(ユンドンパンムン)なども同じような例である。これに対して、福田(ポクジョン)・田中(チョンチュン)・三木(サムモク)などとは読まない。日本語の発音どおりに、ハングル文字で表記するのがふつうである。つまり、豊臣秀吉というのは、なんとしても、日本式に発音してやりたくない人物なのである。

韓国を旅行して、名所見物に出かけたりすると、あちこちで聞かされるセリフがある。「豊臣秀吉兵乱の時、焼けてしまいました(プンシンスーギル・ピョンナン・テー・ターボリヨッスムニダ)」

つまり、もとの建物が、日本軍の侵略のとき、焼け落ちたことをいっているのである。

日本では、豊臣秀吉は、家康などとくらべると、人気のある武将である。しかし、侵略された側の歴史からみると、とんでもない文化破壊者なのである。

その秀吉の隣国侵略の前進基地が、この名護屋城である。そして、この前進基地は、まったく突然に、外征の兵站基地としての役割をあたえられ、突貫工事で完工された。

秀吉は、九州平定にあたって、博多をもって、その機能をあたえていた。天正十五年（一五八七）、秀吉が本願寺に送った書簡には、大唐・南蛮・高麗の船が着くのは、博多であるから、港の整備を行なうように、と命令したことが記されている。このころ秀吉は、対馬（長崎県）の島主、宗氏に命じて、朝鮮側との交渉に入っている。だが、このときはまだ、名護屋城の築城は、計画されていないのである。

いったい、秀吉の朝鮮侵略の構想は、どこからおこってきたのだろうか？　すでに、信長存命のころから、「唐、天竺を討つ」という景気のいいセリフを口にしているが、具体的な計画ではなかったようである。

はじめて具体的な計画が出てくるのが、天正十五年六月十九日であるが、このときは、まだ小田原の北条氏すらも帰服していないのである。

朝鮮との交渉にあたった対馬の宗氏は、いわば、日朝両国に服属しているようなものだった。宗氏は、朝鮮から、毎年、歳賜米豆をあたえられ、貿易を許されていた。宗氏としては、日朝二大勢力が、事をかまえるのは、もとより望むところではない。秀吉が高圧的に入貢を促そうと命令しても、かなりニュアンスをやわらげて朝鮮側に伝え、また、朝鮮側が要求を拒否しても、これをねじ曲げて秀吉に報告している。

秀吉は、大明へ遠征するため、朝鮮を通過したいという希望である。しかも、朝鮮国王が、みずから朝貢に来ることを要求している。そんな無理な要求がとおるはずもないのだが、秀吉は、本気である。この外交感覚というのは、日本人のいちばんの欠点かもしれない。

日本というのは、歴史のはじめから明治維新まで、たった三回しか対外戦争を経験していない歴史上めずらしい国である。第一回は、天智天皇の白村江の戦いで、唐・新羅と戦っている。第二回は、元寇（文永・弘安の役）で蒙古と戦っている。そして、第三回が、この秀吉の文禄・慶長の役である。そういう歴史をもつ国の人としては、秀吉には、一種の国際感覚があったともいえる。信長には、開明的といってもいいくらいの国際感覚があったが、秀吉のそれは、直観的だった。朝鮮出兵を、九州征伐の延長線上にしか、とらえられない。つまり、国境という認識が欠如していたのである。

陸つづきのヨーロッパでは、国境という認識は、古くから成立している。チャールズ大帝の時代のあと、メルセン条約・ヴェルダン条約などでもわかるように、成文化して残さなければ、国そのものの存立があやうくなるわけである。

ところが、秀吉の世界観のなかには、外国という概念が、ほとんどなかった。従わせさえすれば、そこは日本になると考えていたのかもしれない。戦国大名を帰服させたように、どこの国でも従わせて、版図に組み込めると考えていたらしい。その国という概念すらも、薩摩国（鹿児島県）・相模国（神奈川県）というような、日本国内の戦国大名の領国の延長としてしか、とらえられていない。

外交意識に欠けた国際感覚

秀吉は、翌天正十六年（一五八八）、ふたたび朝鮮に使いを送っている。外国との外交という意識が欠如しているから態度が強硬である。もともと秀吉という人は、国内統一の過程でも、ほとんど敵を殺していない。帰服してきた相手には領国を安堵してやり、それなりの地位をあたえている。その政策が、外国に対しても通用すると思っているところが、秀吉の国際感覚の限界といえる。

そのころの朝鮮は、もちろん独立国である。高麗王朝の仏教一辺倒の政策とは、がらりと一変して、儒教中心の極端な文治国家をつくりあげていた。これほどの儒教国家は、中国の歴史においてすら、一度も現われていない。

すべてに曖昧な日本民族とは違い、いったん仏教が否定されると、平地にあった寺院は、ことごとくこわされることになる。したがって、仏教寺院は、深山幽谷のなかで、ほそぼそと余命をつなぐことになった。日本のように、神・仏・儒が習合して行なわれる国とは、すべてに事情が違う。

儒教倫理にもとづく文治国家であるから、文官を中心とした政治が行なわれ、中央集権的な支配がかたまっていた。戦国日本のように、地方権力というものはなく、武官は、文官にくらべると、かなり低い待遇になっていた。名目上は徴兵制度になっていたが、兵役を逃れるため布をおさめればすむ制度まであり、じっさいは一種の税の取り立て方法にすらなっていた。したがって、兵隊の定数が満たされていることはまれで、各地の鎮（城塞）にも、わずかしか兵隊がいないのがふつうだった。

秀吉の侵略開始のころ、朝鮮の総兵力七千という試算がある。これは、警察力と考えても十分といえない数字である。それでも、存立できたのだから、世界史上まれにみる平和国家であったといえる。国外の脅威がなかったのかというと、そうではなく、北には満州（女真族）が、南には日本がひかえていた。それでも、安心していられたのは、中国の明の軍事力の傘のもとにいたからである。しかも、当時の朝鮮は、繁栄していた。

現在のどこかの国と、よく似た状況であったことがわかる。

秀吉は、朝鮮ばかりでなく、あちこちに使者を送っている。天正十七年に、琉球に朝貢を促した。天正十九年には、宣教師ワリニヤーニを、インド副王の使者の資格で引見し、キリシタン禁教を告げたのち、「いずれ中国を征服するから、中国経由で、インドのゴアへも行くぞ」というようなことをいっている。同じ年、スペインのフィリピン総督ゴメス＝ペレス＝デ＝マリニアスに対しても、入貢を促す使者を送り、朝鮮侵略の最中すらもこんどは台湾に対して、同じ趣旨の使者を遣わしている。

日本人の典型である秀吉には、国境感覚がなかった。はじめから欠如している。伊達政宗が、北条攻めのとき、小田原へ帰服してきたように、軍事征服をほのめかして恫喝すれば、外国も帰服してくると、信じ込んでいたらしい。

今日から考えれば、誇大妄想(もうそう)のようにみえるが、これらの外交交渉は、国内統一の延長線から出てきたものなのである。

天正十七年に朝鮮へ遣わされた宗義智(そうよしとも)は、秀吉が本気なことを知っている。朝鮮国王が入貢してこないことはわかっているが、せめて使者だけでも来日させなければ、おさまりがつかない。

宗義智は、倭寇(わこう)と行動をともにした朝鮮人や、あるいは日本側に捕えられていた朝鮮人を送還するという条件を出して、ようやく朝鮮から使者を引き出すことに成功した。あくまで、善隣友好のための使者であり、日本に帰服する朝貢使ではない。

朝鮮側の使節は、正使黄允吉(ファンユンギル)、副使金誠一(キムソンイル)をはじめとして、ぜひ来てくれというから、倭国(ウエグク)へ行ってやるのだというつもりで、出かけてくる。宗義智から、そう聞かされているからである。ところが、日朝の間に立って、宗義智が、あれこれと細工をしても、秀吉のほうは、朝貢の使節が来たと思っているから、どうしても扱いがわるくなる。

秀吉が使節にあたえた国書には、朝鮮を従属させ、大明遠征の先駆とするというようなことが書いてある。

このような国書は、とうてい誇り高い使節には、うけ入れられない。彼らは、対馬（つしま）の宗氏にだまされたことを知った。しかし、そのまま報告しないわけにはいかない。

朝鮮使節は帰国した。しかし、じっさいに日本へ行ったことのない朝臣たちに、日本の軍事的脅威を納得させることができなかった。

これより先、朝鮮の大儒李栗谷（イユルゴク）は、「十万人養兵論」をとなえ、日本に対する防備をすすめたが、だれひとりとして本気にしなかったほどである。しかも、帰国報告のなかで、正使と副使の意見が、完全にくい違った。

正使の黄允吉は、秀吉が本気であると思っている。彼は、言う。

「秀吉というのは、目の光が輝き、胆智（たんち）の人のようである」と。これに対して、副使の金誠一は、「鼠（ねずみ）のような目をして、恐れるにたりない男だ」と言う。

正使は、かならず侵略があるといい、副使は、たんなる脅迫にすぎないという。

じっさいに日本へ行ってない人には、どちらとも予測がつかない。

このころ、朝鮮の政界では、いくつかの派閥があり、党争に明け暮れしていた。このあたりも、現代のどこかの国によく似ている。宰相の柳成龍(ユソンニョン)は、副使の金誠一と同じ、東人(トンイン)という党派であり、正使の黄允吉の西人(ソイン)とは、まったく対立していた。そのため、正常な議論は、行なわれなくなってしまった。

とくに、金誠一は、秀吉の無礼な国書を、おめおめと持ち帰っていることで、自党から出ている宰相の柳成龍から、にらまれることを恐れるあまり、たんなる脅迫で侵略はないという意見に固執してしまった。けっきょく、防備強化の策は、沙汰(さた)やみとなってしまった。

このとき、朝鮮がもっとも恐れたことは、直面する日本の侵略ではなかった。宗主(そう)国である中国の明が、朝鮮が倭(わ)（日本）に加担したのではないかと、疑うかもしれないということだった。そこで、さっそく、明に対して、釈明の使者がたてられた。つまり、日本の侵略を、宗主国である明に通報するかどうかが大問題であり、その侵略によって、自国が戦場にされるかどうかという判断は、二の次になっていたのである。

朝鮮側には、日本に対する救いがたいくらいの情報（インフォメーション）ギャップがあった。宗氏の書簡に平義智という署名があったため、当時まだ「平」姓を名のっていた秀吉の同族と、見なしたこともあるはずである。

対馬の宗氏は、先住の阿比留（あびる）氏を滅ぼし、島主になったものであるが、元寇（げんこう）のころすでに、平清盛（たいらのきよもり）の末裔（まつえい）を称している。べつだん、秀吉とは、なんの関係もない。

宗義智は、先代の義調（よししげ）の子であるが、これまでの朝鮮貿易を行なう際の「宗」姓を名のらなかったため、秀吉によって任命された武将であるかのように、誤解されてしまったのである。

また、朝鮮側の認識では、日本の支配者は、足利（あしかが）氏であるはずであった。新参の秀吉と結ぶのは、足利氏に対する信義にもとる行為であるという、名分論さえ行なわれた。

じっさいの足利幕府は、とっくに滅びてしまっていたにもかかわらず、足利と結んで、秀吉を討つべしという議論すら出る始末であった。

朝鮮側としても、どれほど無礼な内容であっても、いったん国書を受理してしまったからには、返書を送らなければならなくなった。

しかし、それが秀吉の手もとに着いたかどうかは、いまとなってははっきりしない。

愛児の死に付き合わされた外征

天正(てんしょう)十九年(一五九一)、秀吉は、いよいよ朝鮮出兵を実行に移すため、諸国に動員令をかけた。しかし、このときまでは、まだ和戦両様のそなえをしていたようで、具体的にいつ開戦するかというところまでは、決まっていなかったらしい。

その証拠に、まだ名護屋城の築城すら命令されていない。

天正十九年は、秀吉の生涯の最後の一転機になる。この年、八月五日、秀吉の長子鶴松が死んだ。秀吉五十四歳のとき、愛妾淀君との間に生まれたはじめての子が、三歳にもならぬうちに死んでしまったのである。

秀吉の悲しみは、いくつかの記録に現われている。東福寺において髻を切ったり、清水寺で三日三晩というもの泣きあかしたりしている。

秀吉が、朝鮮侵略を最終的に決断したのは、この瞬間なのである。最愛の子を失った痛手を、征服欲によって代償しようとしたのである。「大明に入り、皇帝になる」などと口走っているところをみると、愛児の死でやけくそになっていることがわかる。

ひとりの幼児の死によって、日本中が外征に付き合わされ、さらに隣国の国土が戦火で蹂躪されるのであるから、歴史とは皮肉なものである。

名護屋城の工事が着工されたのは、鶴松の死から二か月後の十月のことであった。これまでの秀吉は、ただちに侵略を実行する気はなく、ゆっくりしたペースで準備がすすめられていた。そこへ、降って湧いたように、すべてのスケジュールがくり上げられることになった。

築城計画そのものは、八月二十三日付の加藤清正の書簡にはじめて現われる。ここで、木材の手配を要請している。翌年三月（文禄元年〔一五九二〕）開戦が指示され、さらに、征服のあかつきには、大唐二十か国を拝領するということまで約束されている。

ここでは、目標は、大唐――すなわち明であり、朝鮮は通過国としてしか扱われていない。愛児の死によって秀吉は、もはや冷静な判断がつかなくなっていたのかもしれない。

着工が命じられたのは、名護屋御座所であり、名護屋城ではない。普請を命じられたのは、黒田長政・小西行長・加藤清正の三人である。

なぜ、現在の佐賀県東松浦郡鎮西町名護屋がえらばれたかというと、壱岐に近いことが第一条件だったのだろう。名護屋・呼子・唐津のあたりは、『魏志倭人伝』の末盧国に比定されてくるくらいで、朝鮮半島からの来航ルートとして、ながい歴史の間利用されている。

現在でも、博多―郷之浦（壱岐）のフェリーが二時間半かかるのにくらべ、呼子―印通寺（壱岐）は、一時間一〇分の航路にすぎない。呼子は、名護屋湾から岬ひとつ越えたところにあり、漁港として栄えている。名護屋湾のほうは、現在の名護屋大橋から見おろすと、エメラルド色のふところの深い入江になっていて、水深が深いため大船を碇泊させるのに向いている。

けっきょく、地理的に朝鮮に近いという理由で、ここに秀吉の本営が置かれたのだろう。しかも、着工を命じてから半年、工事期間四か月で完成している。

もともと、ここには名護屋氏の垣添山城という山城があった。この山城に手を加えて、秀吉の本営にしようというわけである。しかも、万事に派手好みの秀吉は、この名護屋城を、機能一点張りのものにしようとは考えていない。改築などという生易しいものではなく、途方もない規模での築城を命じている。

ルイス＝フロイスの『日本史』には、築城の突貫工事で、多数の死者が出たことを記している。九州各地の小大名に突貫工事で、普請を割りあてたため、競争で完工をいそいだからである。

目標は朝鮮ではなく「唐入」

名護屋城址には、いまは、石垣が残るのみであるが、かつては、たんに城であるばかりでなく、太閤秀吉の御座所としての大御殿が築かれていたのである。しかもそこに集結する遠征軍のための城下町もできあがった。

大手門からしばらく行ったところが三の丸で、北へ向かって、本丸・二の丸とある。さらに東におりると、濠に向かって、山里丸がある。ここは、秀吉の愛妾のための大奥のようなものだったらしい。

壮大な巨城は、たった四か月で完成した。文禄元年（一五九二）二月のことである。そして、同時に遠征軍も編制を終わっていた。

この侵略計画は、当時、「唐入(からいり)」とよばれていた。つまり、中国に対する遠征軍と考えられていたのである。すぐ近くにある朝鮮は、はじめから目標でなかった。日本人が使う唐という単語にしても、もともとは、金海(キムヘ)地方の加羅(カラ)国を示していたが、のちに外国一般に使用されるようになり、韓(から)という訓読が生まれる。この韓に対して、中国のほうは、はじめ大韓(おおから)とよばれ、やがて、大唐(おおから)という用字に変わる。そして、とうとう唐といえば中国だけをさすようになってしまった。もともと、唐鍬(からすき)・唐金(からかね)・唐橋などは、すべて朝鮮渡来のものであり、韓の字をあてるべきなのである。

しかし、秀吉の世界観のなかには、外国としての朝鮮は存在しなかった。それは、あくまで、日本の延長上に考えられていた。

秀吉が、通過地での兵士の乱暴狼藉(ろうぜき)を戒めた禁制が、いまも残っている。宛先(あて)は、壱岐(いき)・対馬(つしま)・朝鮮と異なっているが、すべて同文である。朝鮮が敵地であるという認識が、はじめから欠落しているのである。

「征伐(い)」という語を辞書でひくと、罪あるものを攻め伐(う)つこと、とある。この場合、秀吉に従わないことが、罪だということになるが、今日的にいえば、それは対外侵略以外のなにものでもない。おそらく、秀吉の構想のなかでは、九州征伐、小田原征伐の延長としてしか、とらえられていなかったのだろう。

だが、はじめの目的は征伐ではなく「唐入」だった。したがって、名護屋湾に集められた大船は、ほとんどすべてが、輸送船だった。つまり、「唐入」の兵士と兵糧を運ぶためであり、朝鮮での海上戦闘を、まったく予測していなかったのである。

名護屋城下には、参加した各大名が陣を張り、ものものしいありさまであった。出征兵力には、いくつかの記録があるが、十五万八千七百人とするのが、ふつうである。船方衆を加えて二十八万人という数字もある。これだけの人数で侵入すれば、たちどころに朝鮮はふるえあがり、明国打入の手引きをするにちがいないというのが、秀吉の計算である。

しかし、ここに、和平派とよぶべき武将がふたりいた。小西行長と、その女婿である宗義智である。

対馬の宗氏が、これまで、もっぱら交渉にあたってきたことは、先に述べた。宗氏としては、日朝双方に両属しているようなかたちである。この日和見主義のようなところが、戦前のナショナリズム過剰の時代には、しばしば非難されてきた。しかし、宗氏の立場にたってみると、よくわかる点が少なくない。秀吉から一番手を命じられ、五千人の兵力を差し出している。

宗氏は、日朝二大パワーにはさまれて、歴史を経験してきた。したがって、いやでも、バランスのとれた現実的な外交感覚を身につけないわけにはいかなかった。

外交交渉の成り行きいかんによっては、まっさきに対馬が被害をうける。元寇のとき、島主、宗助国をはじめ一族郎党が戦死し、島民は、敵船の舷側に、両手に穴をあけられ、ぶらさげられるというかたちで手痛い代償を支払っている。

さらに幕末には、ロシア船将ビリレフのポサツニク号によって、島ぐるみ人質にされるという、ひどい目にあわされている。

対馬人は、外交感覚が鋭くならざるをえない。へ、まばかりやっている霞が関の某官庁の職員を、すっかり対馬出身者に入れかえれば、日本の外交ももっとうまくいくかもしれない。

宗義智は、朝鮮からの最終回答がくるまで、出征をのばそうとするが、けっきょく三月には出発することになる。

侵略軍は、壱岐・対馬と島伝いに進み、釜山(プサン)にいったん上陸してから船にもどった。ちょうど、古代船「野性号」がたどったコースを、逆にいったわけである。天気のいい日には、釜山の南にある影島(ヨンド)の先端の太宗台(テージョンデ)に行けば対馬が見えるのである。日韓(かん)の距離は、そのくらい近い。

小西行長・宗義智の二将は、釜山の司令官鄭撥(チョンパル)と戦端をひらいた。しかし、このとき鄭撥は狩りに出ているところで、日本船が近づいてもいっこうに警戒するようすもなく、なすすべもなく戦死してしまった。なぜなら、中央から、なにも指令をうけていなかったからである。

そのころ、ソウルでは、日本の脅威はないという意見が支配的だったから、地方にはなにも伝達されていなかった。

ついでながら、京城と書いて、ソウルと読むと思っている人が多いが、京城のことを、日本でいえば大和ことばで「みやこ」とよぶ場合が、ソウルである。したがって、現在の大韓民国の首都は、ソウルであって、京城という漢字をあてるのは、まちがっている。

そのソウルでは、国家の危難が迫っているとき、妙なことが流行していた。若者たちが、千数百の群れにわかれて、街中で歌ったり踊ったりするのである。そのリーダーは、鄭考誠・白震民など、名家の子弟三十人ばかりで、その歌は登登曲とよばれていた。いまでいう暴走族のようなものなのだろう。一般市民のほうも、北岳南山に物見遊山に出て、高歌酔舞して、日暮れになっても家に帰らないものが多かったという。そのころ、ソウルでは、遠からず世の中が一変するという妖言が流れ、そのため、人びとは刹那的な遊楽を追い求めていたのである。

日本の脅威を訴える人たちを、かたちのうえでもだまらせるため、政府は、お義理のように、国防再点検にとりかかった。慶尚道・全羅道・忠清道の三道には、金睟・李洸・尹先覚の三人を監司として派遣し、城池の修復などを行なわせた。しかし、国民は泰平になれきっているため、労役を避けようとし、怨声が道に満ちあふれたという。

国防はきわめて不人気だったのである。不人気だった理由のひとつとして、出先の武人が、弓矢・槍・刀などを点検するだけで、法外な要求を出したこともある。

しかし、そのころ日本軍は、着々と侵攻しつつあった。

英雄李舜臣に制海権とられる

釜山落城にあたっては、左水使の朴泓は、敵前逃亡してしまう。右水使の元均は、漁船を日本軍とまちがえ、一大パニックをひきおこし、老人・子どもが踏み殺されるのもかまわず、やはり逃亡してしまう。

朝鮮側は、釜山の北方の東萊（トンネ）で防戦しようとする。東萊は温泉地として有名であり、金井山（クムチヨンサン）という天然の要害をひかえている。ここではじめて、組織的な抵抗をこころみることになった。

守将の宋象賢（ソンサンヒョン）は、徹底抗戦を命じ日本軍と戦うが、とうとうここも落城し、象賢は壮烈な戦死を遂げた。

ここから先、日本軍は、破竹（はちく）の勢いで進撃する。そして、あっというまに南朝鮮のほとんどを占領してしまう。

このとき、朝鮮側にひとりの英雄が現われる。李舜臣（イスンシン）という提督である。いま現在ですら、李舜臣将軍（ジャングン）といえば、韓国（かん）では子どもでも知っている国民的英雄である。誕生の地である温陽（オニヤン）には顕忠祠（ヒョンチユンサ）があり、いまだに人びとの尊敬を集めている。

李舜臣が使用した軍艦は、亀船（コブクソン）とよばれ、甲板をすっかりおおい、銃眼をあけた装甲船である。日本では、亀甲船（きこうせん）として知られている。亀船は、韓国ではタバこのブランド名にすら使われている。

ただし、開戦時、李舜臣は、たった七隻しか亀船をもっていなかった。この七隻に加えて、徴用した通常船をもって艦隊をつくりあげ、海上から日本船を攻撃しはじめたのである。韓国の南海は、巨済島・閑山島など、数千の島が入り組み、複雑な地形になっている。李舜臣は、地の利をおおいに生かして、日本船を襲いはじめた。

もともと日本側には、戦艦の用意がない。鈍重な輸送船が、つぎつぎに餌食にされていった。つまり、制海権を完全にとられてしまったのである。

秀吉は、名護屋城をあとにして、朝鮮へ渡るつもりでいた。当時、太閤御渡海のうわさは、ひろく知られていた。当時の落首にも、「太閤が、一石米を買いかねて、今日も五斗買い（御渡海）、明日も五斗買い」というのがある。

しかし、海上で猛威をふるう李舜臣のため、太閤御渡海は実現しなかった。けっきょく、この侵略戦争は前後二回、秀吉の死のときまで六年にわたってつづく。朝鮮の国土は荒廃し、また、日本軍も厖大な死者を出している。

野性号が呼子に寄港した折、韓国の歴史学者・考古学者・新聞記者と日本側との間には、しばらく気まずい沈黙があった。われわれ日本人にとって、城址は、荒城の月を思わせる、ノスタルジアを催させる遺跡にすぎない。しかし、韓国人にとっては、侵略の基地でしかない。

日韓ほぼ同数の見学グループは、名護屋城の廃墟を歩きながら、かなりの間、気まずかった。

「たしか、秀頼は、ここで……」

突然聞いたのは、韓国のK先生だった。秀吉が陣中に伴った淀君は、ここで秀頼を妊娠して、大坂へ帰ったのである。

城は、権力者の愛児の死をきっかけとして築かれた。そして、その城の掌のなかで、権力者の第二の愛児の生が芽生えた。たったそれだけのことにすぎない。そして、たったそれだけのことのために、日朝数十万人の生命が失われた。それは、歴史の愚行のひとつである。

日本側としては、ただひたすら贖罪意識に責められ、気まずい沈黙をつくり出してしまった。しかし、贖罪意識だけで、日韓両国民が付き合っていくことはできない。まず、おたがいによく知ることから、あらためて出発しなければならない。

K先生は、そう言いたかったのかもしれない。そして、巨大な城の廃墟は、そのことを、われわれに教えてくれた。

日本人の多くは、この隣国に対して、ともすれば景気のいい強硬論にとらわれがちである。そのまえに、歴史・文化・言語などを、謙虚に学ぶ努力をおこたっている。

城址のある山上から見晴らすと、すべてが一望のもとにある。値賀崎の原子力発電所も見えるし、波戸崎の海中公園のあたりも望むことができる。そして、この海の先は朝鮮半島につながっている。

岡城

富士正晴

ふじ・まさはる

1913年～1987年。野間宏らと同人誌「三人」を創刊。「敗走」「桂春団治」「豪姫」「贋・久坂葉子伝」など。

穴太伊豆一党の流儀による美

豊後国（大分県）岡城は文禄三年（一五九四）、『中川史料集』（北村清士校注、新人物往来社）によると、「欠月日岡城御普請始る」とあるが、この「欠月日」というのはすこし興味がある。わざとそう記録する場合もあるだろうし、そのとき、繁忙にまぎれて記録しなかった場合もあるだろう。

この岡城の普請は相当いそぎの必要のある普請（敵対する大友の遺臣の動きを警戒して）であったらしいから、正確に後日記録するとなると、「欠月日」となってもしかたあるまい。しかし、月日は欠けても、「此の時穴太伊豆と云ふ者を大坂より呼び下す」というような重要事項は書き落としていない。岡城のあのとくに美しく、とくにきっぱりと切り落としたように堅固な石垣の石組みを行なったのは、この穴太伊豆であるからである。

そのころ築かれたいろいろの城の石垣を見ると、同じく穴太一党の仕事ではあるが、いろいろの流儀が存在していたようにみえ、同じ城のなかでも、別の流儀がそれぞれの石垣を築いているようなものが多いようだ。が、岡城はあまり大きい城でないせいもあってか、穴太伊豆一党の流儀のみで仕上がっているようにみえる。その石垣は切り立ったようで、表面がすっきりとしており、一種の美術品といった肌をもっているような気がする。よほどすばらしい技術と美的感覚をもった腕のいい一党なのであろう。

この普請の始まりは、その前後の項の月日のはっきりしているものと照らし合わせて推察すると、九月ごろではあるまいかと思われる。そしてこれも推察であるが、粗々、城のかたちをなしたのが十一月ごろ、しかしまだ、土普請のことが十二月十五日に大坂にいる中川秀成（初代岡藩主）より発せられた命令書にあるから、まだまだ十分なできあがりではないということになろう。けっきょく、諸士屋敷取り、菩提寺普請、船着沖の浜――これは大分郡の海岸に秀吉からもらっていたわけであるが、文禄五年、大地震があって、陥没して海になってしまった。ために近くの三佐へ移ったかと思われる。船奉行は柴山両賀（勘兵衛重成?）で、堺よりよび寄せて、千石あたえている。土木ならびに船手の専門家らしい――。

その文禄五年、十月二十七日に改元があって慶長元年（一五九六）となるが、その「月日欠」に「岡城御普請成就」となる。あわただしくも、その翌年、慶長二年二月二十一日は「太閤再び朝鮮征伐に付き備定出る」とある。岡城出馬は六月二十二日であった。文禄三年二月に到着してより、三年数か月であった。岡城が完成していたことだけ、ましであった。中川修理大夫秀成数え二十八歳。すでに岡へ来た文禄三年七月十五日、「御奥様に御男子御誕生、御名清蔵後に内膳正久盛公と称し奉る」とあるから、このとき四歳である。のち秀成をついで三世藩主となる（すでにこのころ、大名の正妻を称して御奥様と称した。奥様が大名の妻ということになれば現代においては、大名がごろごろおることになる――余談）。

秀吉も一目おいた中川家の勇猛

ここで、中川秀成の岡城到着までを簡単に粗描きしておく。

元亀元年（一五七〇）一歳。「（月日欠）摂州（所詳ならず）に於て誕生。清秀次男」天正十一年（一五八三）十四歳。四月二十日、中川家太祖清秀、賤ヶ嶽で戦死（四十二歳）。「（月日欠）秀吉公の命により新庄駿河守直頼様御養女を娶さる〔実は佐久間玄蕃允盛政の女〕。御新造様御名虎と称し奉る」

天正二十年二十三歳。十月二十四日、二世秀政（清秀の長男、秀成の兄）朝鮮国にて戦死。その戦死がどうやら本当の戦死ではなく、そこらあたりをぶらぶら鷹狩りかなにかをやっていて、朝鮮兵に囲まれて死んだらしく、愚死といったものだった。勇猛な二十五歳のおごった心柄からでどうにもならぬ。とりつくろって戦死みたいにしたが、秀吉はうけつけない。けっきょく、親父の中川瀬兵衛清秀の忠節に免じて、跡目を継がせてやると恩をきせられた。なんの秀吉は、中川家の勇猛を捨てたくなかっただけだと思われる。中川清秀の勇猛を秀吉は多とすると同時に、内々恐ろしくも思っていたらしく、清秀戦死の報を聞くと、ニンマリとしたというわさが伝わっているくらいである。

というわけで、秀成は三世となって三木城へ帰ったはよいが、来年早々、朝鮮へ亡兄の跡継ぎに戦いにいけ、という内命はちゃんとあった。兄のあとを継がせるのも無理はない。中川軍のもっとも簡便、実利的な指揮官交替だ。

この年、娘が生まれている。稍（やや）という。

十二月八日改元で、文禄元年（一五九二）となるが、翌文禄二年、二十四歳。すでに朝鮮に渡り、兄のいた水源城に入っており、正月四日、包囲していた二万の朝鮮兵のなかに突っ込み、大勝を博し、加藤清正の気に入る。

「欠月日」とあるが『明治集録』には五月とあるそうだが、帰朝。ところがこれも、

「欠月日太閤（たいこう）より三木城は召上られ、御領地替へ仰付けらるべき内命あり。淡路（あわじ）の須本（すもと）、伊予（いよ）の宇和島、豊後（ぶんご）の岡三ヶ所の内、御望みに任せらるべきの旨、

是に依って石田鶴右衛門、吉田伝五兵衛両人を三ヶ所へ遣し、境地の善悪を点検せしむるの所、其頃豊後国は大友家没収後にて、山口玄蕃頭検地最中故、その役人にたより凡そを承り、外両所より岡然るべきに極り、中川平右衛門より新庄法印まで其旨内達す八月上旬三木に帰り其旨上申す。（注）秀吉公より左の三ヶ所望みに任せ移封を命ぜらる。淡路の洲本、伊予の宇和島、豊後の岡（竹田）。秀吉公、秀成に伊予ならば十万石、豊後ならば七万石と云ふ。山口玄蕃の言に伊予の十万石はそれだけの価、豊後の七万石は十五万の価ありと答ふ。これに決定す」

淡路の須本（洲本）の石高について秀吉がふれもしなかったとしたら、心理に微妙なところがある。秀吉にかすかながら中川家敬遠の気分があり、あまり手近においておきたくなかったのではあるまいか。また、宇和島・岡については石高のことも問題ではあろうが、秀成にすれば朝鮮の役で接して、崇敬信頼の念のおこった加藤清正の近くへ行きたい気持ちが強かったのではなかろうか。清正に頼るという気があるような気がする。

また、むつかしいことがおこると、しきりに清正に手紙を出して、秀吉、またのちに、家康へのとりなしを頼んでいる。おもしろいことに秀吉も家康も、中川家をあまりに勇猛であるがゆえに、疑いをさしはさむようなところがあるような気がする。家康の場合はほんとに疑っているのやら、疑っているようにみせるのがひとつの術なのやら、相当そこらにあやしいところがあるが。

この年十一月十八日、秀吉は「従五位下に叙し修理大夫に任ぜらる」というふうに朝廷に手を打って秀成を喜ばせておいて、翌十九日にはつぎのようにくる。

「其方事来春豊後へ被レ遣候。就者家来悉く召連可ニ罷越一候。自然逐電之族、於ニ有之一候ば追先々可レ加ニ成敗一也

十一月十九日

御朱印　秀吉公

中川修理大夫とのへ」

さっそく、修理大夫を使用して喜ばせておいている。同日あたえた知行帳にはつぎのようにある。

「豊後国直入郡弐万九千参拾八石、同大野郡内、参万六千九百六拾弐石都合

六万六千石事、令二扶助一畢全可二領地一　此内壱万六千石無役、以二五万石一軍役可二相勤一候也」

日本歴史のこまごましたことに暗いから、この知行帳、わかりそうではっきりはわからない。「扶助」がわからず、「無役」というのもわからない。

文禄三年二十五歳。

「一、正月二十五日、三木城御引払ひ、豊後国岡城へ御下向、総勢凡四千余人、大船五十隻諸荷物を積み播州サコシの港より御出船、〔サコシの港とはいまの兵庫県赤穂市坂越町の坂越港だろう。三木城から五、六百キロも陸路を西へ歩いてそれから乗船とはたいへんなことと思うが、それだけの人間・荷物を積み込む船が入るのはこの港でなくてはだめだったのかもしれない〕此時柴山両賀重祐金銀船等進上す」

その後に「御入国御供姓名」というのがあり、その禄高・姓名、与力が属しているものにはその人数が書かれている。その禄高を興味があるから合計してみた。上は四千石、最低は三十石。

合計、四万六千六百石。ただし柴山了賀（両賀と同じだろう）は三百石（千石）とある。この千石のほうを生かすと、合計四万七千三百石となる。前の知行帳にある「以二五万石一軍役可二相勤一候也」にほぼ近い。

なお、与力の数は合計三百七十人になり、これに一人平均七百少々を藩から出すとすると、二千七百石くらいになり、さきの合計と合わせると、ほぼ五万石。とすれば、「五万石を以って軍役を相勤む可く」とは、考えてみれば、侍は戦争するのが建前だから、侍への給料が五万石ということで、前の「壱万六十石無役」とは、そういう軍役用ではなくて、殿様の取り分・生活費ということになりそうである。

この「御入国御供姓名」は久通公（第七世、寛文三年〔一六六三〕より、延宝・天和・貞享・元禄・宝永七年〔一七一〇〕まで）御世の覚書という本にあると、（注）にある。田能村竹田の先祖かもしれぬと思われる田能村伊賀は六百石であった。

「一、二月八日、御船は豊州、速見郡小浦へ御着」

とあるが、この小浦は坂越みたいにいまの地図では見つからない。読売新聞大阪本社編集委員の、こういうことに詳しい百野省吾という人に調べてもらったら、貝原益軒の旅行記かなにかにその名が出ており、いまの速見郡豊岡のすこし南で、三名の北というあたりであるらしい。大きくいえば別府湾の北の方の西側にあった港ということになる。いまはその名が消えてしまったらしく、あるいは頭成というところにのみ込まれていると聞いたかもしれぬ。さて、岡へ入部の手配をととのえ、先手を出す。さて、十三日出発、

「御陣列厳正なり」

ところが大友家の浪人の大津上野・右田中長弘を頭に、三、四百人が赤岩谷に屯して、逆茂木を引き道筋を妨げていると物見のものが報告してくる。——この赤岩谷がいまのところどうにもわからない。竹田の北方から入ってくる長湯から竹田の道沿いにあったのではないかと思われるが、現在どうよんでいるのか、わたしのもっている程度の地図では不明——。

これに対して使番をやって告げさせた命令が、すこぶる中川家流の猛然たるものであった。

「岡城は秀成拝領し、今日入部せしむる処なり。早速罷出で賀し申すべきに、往来を遮る条奇怪の至りなり、早々人数を引払はざるに於ては、一々踏潰し首切り掛けて通るべし」

しかし、浪人のほうも平然たるものであった。

「聊かも秀成公へ御敵対申すにはこれなし。南郡〔大野郡・直入郡を大友氏はこう言いならわしていた〕は浪人共七人へ公儀より御預置かるゝに付、御下知これなき内は、御通し申す間敷」

そうしてにらみ合っているうちに、当国の代官熊谷半治より中川の役人に土地を渡すよう下知があったので、雑人ども（下っ端のほうの浪人）が退散した。大津上野は途中まで出迎えてお目見えを仰せつけられ、石田中務も仲間七人で雑人どもをとりしずめ、息子善左衛門は先手をつとめる。しかし、反抗する雑人どもがまだ潜伏しているので、赤岩谷へ攻め手をやり、雑兵八十四人討ち取り十七人を生け捕る。その間、先手は難なく岡城につき、本隊の着到を待つ。「岡城は大友の家臣志賀氏代々二百七十年の居城也」

「月日欠御城下町割定め丸山藤左衛門へ奉行仰せ付られ、道の曲直、軍国の利害を考へ普請を初む。当町は元竹田村の水田にて端々は民家なりしを、水理を付き藪林を切り払ひ土地を開き、玉来町より五十余家を移す」（城普請の下準備を周囲からやっていくのであろう）。

しかし、庄屋どもも、そうやすやす新しい領主に対して服従する気はない。そこを強気で恫喝する。

「月日欠御年貢の古帳面差出すべき旨、御領内へ下知すと云へども、先達ての兵乱に紛失しける由を申し偽るによって、鉄砲頭石田鶴右衛門与力を召連れ、磔木を持たせ、先づ片ヶ瀬庄屋宅へ赴き、弥古帳面を出さゞるに於ては、磔にかけらるべきとの厳命を可す。この由村々に伝え聞いて古帳面等悉く差出す」

地勢堅固な丘山に「御普請成就」

こうして岡城の普請がいよいよはじまったわけだ。さて慶長元年（一五九六）二十七歳。「（月日欠）岡城御普請成就」となるところまでは先に書いた。その翌年、慶長二年二十八歳。六月二十二日、「朝鮮征伐として岡城御出馬、御留守居中川左近長種（朝鮮御着岸且つ御番所等詳かならず）」となる。総人数一千五百人。

「一、当冬今津留浦御普請成就、御家人等引移る」（航海用の飛地というわけだ）。

慶長三年二十九歳。

「一、八月十八日、太閤秀吉公薨御。

一、（月日欠）朝鮮より御帰朝」

この年、長女稍、京都で死ぬ。享年七歳。

岡城は丘の上にあるとはいいながら、その丘の北側の守りはかたくて、トンネルを土でふさげば侵入できぬといった体の三つの道がある。そこを通らねばとりつけない。南はひらいているが、険阻な絶壁が谷からそそり立っているかたちで、周囲の山々から見おろしはできるが、山をおりてその丘にとりついてのぼることはまず不可能で、まったく守りがかたい（当時の火器・戦具を用いての話であるのはもちろんのこと。現代なら、どうにでもなる）。だから、城として全然不安はない。

過去において、天正十四年（一五八六）十月、島津の大軍三万五千が攻め入ったときも、城主志賀親次は善戦してこれを撃退した。岡城の地勢的堅固さはこれでもわかる。しかもそれが秀成によりなおも新知識をつぎ込まれ、より堅固に、しかもより美しくなっているのである。

北の方に高い山々があるから、丘といっても水は不自由しないであろう。水脈が山々につながっているはずだ。しかし、天下の状況のおだやかでないこと、藩内の政治、とくに領内百姓をつなぎとめることへの苦労は、堅固な岡城をも精神的・人間的な面からゆさぶってくるわけになる。だから、天下についての具体的目くばり、百姓への具体的配慮に、おおいに三十男秀成は心をわずらわさねばならない。岡城の浮沈がそれにかかっている。

慶長四年三十歳。

「一、二月十八日、京都東山方広寺に於て太閤葬式の節、公御供御人数二百人。

一、三月(日欠)当時天下静謐ならず。或は徳川内府公の御掟を違却し、或は表裏を挾む輩多し。是に於て伏見、向島の御館に於て池田三左衛門輝政様を以て、内府公御掟御違背成されまじく無二の御忠節たるべきの旨仰せ上げらる。

(注)家康に対し秀成公無二の忠節を約す。

〔勇猛をもって鳴っていても、こういうことを、大大名を介して伝えてもらわねばならぬとは、小大名とはしんどいものである〕

一、十一月十二日、御領内百姓へ御法令出さる。

条々

一、百姓はしり、いづれにかくれ居候共、せんさくせしめ、よびかへすべき事〔逃散した百姓をつれもどすこと。労働力確保〕。

一、村々、所々荒れの事、残所なくひらくべき事〔開墾奨励。いや、命令か〕。

一、御奉行両三人物成御定の外は、一粒も代官、下代へ納所すべからざる事〔余分に納めてはならんと百姓に命ずるとはすこし筋ちがいで、代官、下代に余分にとってはならんというのが筋と思うが、いまでも役所はこのような言い方をするときがあるから、是非もない〕。

一、免よろづならしの事。庄屋へさとして私曲有るべからず。小百姓にも申聞ことごとく割付ならすべき事〔免とは、『広辞苑』を見ると、（石盛の数量の中から免して取る意）田租を賦課する割合。租率。免幾つとよび、免ひとつは石高一石に対する地租米一斗をいう、とある。庄屋へもさとして、小百姓にも聞かせて、公平にやるぞという宣伝〕

あと二条あるが、とにかく代官などの役人の不正を粛正するようなかたちを示しているが、その実行をまず百姓の行動に求めようとするのはお門違いであり、お為ごかしの感がある。しかし、役人としてはこれでもおおいに百姓のためを思っているという気分だったのだろう。署名しているのは牧勘右衛門・小林新助。牧は三百石、与力十人、小林新助もまた同じという侍であった。

腐心しつづけた家康への忠誠

慶長五年（一六〇〇）三十一歳。

この関ヶ原の役の年から、大坂冬の陣（慶長十九年）、大坂夏の陣（慶長二十年）、徳川家康の死（元和二年〔一六一六〕四月十七日）までの足掛け十七年間を生きていたら、秀成はとてもやりきれぬ心労の多い四十代を苦しんで生きねばならなかったことになるが、幸いにして、この徳川家康が恐ろしくて耐えられなかった人物は、慶長十七年、四十三歳で中風で岡城本丸に死ぬことができた。大坂冬の陣、夏の陣のような複雑で神経の疲れる事件にかかわらずにすんだのは、秀成のために喜びたいくらいである。ほっとした。

さて、秀成三十一歳のこの年、石田三成らの徳川討伐計画がひそかに具体化されていくが、そのうわさは大名連中にほぼ大っぴらにひろがり、秀成はあわてて、二月十六日に忠誠の起請文を家康の秘書役大名に呈上する。そして、四月には上京して、月日はわからぬが五月ごろだろう、会津征伐の先鋒になりたいと本多忠勝を介して家康に申し入れる、というよりは、お願いするという匐い込み方である。まったく外様の小大名はつらい。

家康は本多忠勝を通じて、会津征伐は家康自身出馬するし、諸大名がおおぜい出馬するから安心してくれ、それより西国表が心配だから、西国に居城のあるあなたは、仲間と申し合わせてそちらで忠節をつくしてもらいたいという。しかたないから豊後へ帰ることに決めた。家康は六月十八日、伏見城を出て、ゆるゆる東へ向かい、七月二日、江戸に入る。秀成がしかたなく出発しようとしているところへ、七月十三日、大坂奉行衆より家康征伐に仲間入りして出陣せよといってくるが、承知せずただちに大坂を船出した。途中、船どまりにも大坂奉行衆の手紙が追ってきた。二十日、帰城。

帰城するとさっそく秀成は杵築城内、細川家臣松井佐渡守康之へも戦況について質問の手紙を出し、また、池田輝政へ鉄砲頭と与力とを加勢にやり、関東方へ加勢のため家老中川平右衛門らに六百余人をつけて岡を立たせ、今津留からは船奉行柴山両賀が百二十余人召し連れ、二十九日、どちらも今津留を出航。また、黒田如水にも手紙を出す。というふうに、家康への忠誠の証拠をしきりと積みあげていく。しかし大坂奉行衆のはたらきかけも執拗で、秀成ははなはだ迷惑を感じつづけたのにちがいあるまい。

八月十二日、中川平右衛門らは大坂に着いたが、もちろん家康は関東へ発ったあとで、大坂奉行衆が起って、伏見城も落ち、関東へも加勢にいけぬ。そのうえ、秀成の母と正妻は人質になってしまっている。平右衛門らは人質を奪還して、岡城へ帰ることに心を砕く。

八月十八日、肥後（熊本県）の加藤清正に使いを出し、大坂奉行衆から参戦するようしばしばいってくるが、関東に忠節以外なにも考えていない、という起請文を送り、人質として甥の寺井小七郎をつかわす。これは母・妻を大坂の人質にとられたため、踏みきったのだとされるが、もともと家康にくっつく気なのを、軽くあしらわれて、焦りつつ、このような実績を、実力大名に頼ってつくろおうとしているのにすぎまい。

これは三代目の外様小大名では、かさねていうが、いたし方ないことで、秀成が小人物ということにはならない。こうしてさんざん、家康への忠節を示そうと苦心しているのにかかわらず、九月に入ると、思わぬ一大事が出来する。家康・石田の争いの波が九州も、秀成の豊後に及び、岡城自体がうかがわれようということにさえなる。しかも、家康への忠節を疑われるような事件が、以前にかかえた大友家の旧臣によってでっちあげられる。これは岡城はじまって以来の大危機となった（岡城にまつわる事件、それはただちに秀成にまつわるそれとなるわけだが、これは最大の事件といわねばなるまい）。

「一、十一日〔九月〕、徳川内府公へ御使者として、小林新助政清〔三百石・与力十人〕、拝郷五助、大河原具経三人を差立さる〔あとの二人は軽輩であると思う〕。

其故は豊後の旧主大友義統、周防国山口に謫居せるに、石田三成、毛利輝元等豊臣秀頼卿の命に託し、八月朔日書を山口に遣はし、旧領豊後国を早々切取るべき旨を勧む。

茲に因って義統、周防山口を立って豊後に赴き、九月九日速見郡に着し、別府浜脇に放火し立石村に陣を張る。恩顧の者共大に悦び、村民を従へ悉く立石の営に集る。是に依って近隣の騒動大かたならず、黒田如水（官兵衛）は義統を討たんとて、軍兵七千余人にて豊前中津の城を発す。

爰に御幕下に属し居りける大友の旧臣、田原近江守親賢入道紹忍、宗像掃部鎮次〔年月日欠〕大友家の老臣たりし田原近江入道紹忍、文禄二年、閏九月十三日、太閤より、柏原郷松本邑合せて、二千九百十三石四斗食邑を下さる。宗像掃部〔葎原郷にて千八百五十石余同断〕御当家の御幕下に仰せ付けられ、御幟等御預け置かる――文禄三年の末尾にあり〕等志しを翻し旧主を助けんとて立石に赴く。剰さえ両人に預け置かれし、御旗、指物を以て数多偽作し、中川秀成大友に力を合する由を流言し、村民をかり催し二千余人立石に至り、偽作の旗を大友が陣頭に立つ。〔旧大友領の政治のためには便宜があろうという親切のためかもしれぬが、太閤秀吉に家来にせよと押しつけられた大友の大物旧臣にこういうことをやられては、秀成としては迷惑このうえもなく、家康に誤解されるおそれは十分にあるはずで、まったく愕然(がくぜん)としたであろう。しかも、それが敵対しているのは黒田如水の軍にであり、黒田がそれをどう見、どう家康に伝えるか、それがじつにこわい。いっぽう、その大友の旧臣の方にすれば、秀成が加担してきたという流言と、秀成の旗指物を大友の陣におっ立てることによって、秀成の心を絶望の方へゆり立て、致し方なく大友側へ合流するだろうという見通しだったのであろう。よし、合流してこなくとも、相手方にくさびを打ちこむくらいの効果はあると見た。これは当たって、この事件のもつれから、現代にいたるまで、中川・黒田両家は交わりを断ち、ごく最近、昭和四、五十年代で和解とはものすごい怨(うら)みの持続である〕。是に依って決して大友一味にこれなき旨、申訳のため急に三使を指立てらる」
果たして黒田如水より御当家大友家に一味なりと、再三関東に訴える。
黒田如水と中川秀成とでは家康にとってその重みが違う。
秀成は頭をかかえて必死になったことであろう。

「一、（欠日）小西摂津守が居城肥後宇土へ、加藤清正出張あるに付、早速彼地へ御出馬あるべき御評定の処、大友家乱入に依って国中所々一揆起り騒動す。

其上臼杵の城主太田飛騨守政信は無二の石田与党にて、臼杵より入れたる忍の者を捕え糺明する処、若し宇土へ中川御出馬あらば、飛騨守は岡城へ放火し竹田へ相働く（襲撃する）べきの由を白状す」〔中川の岡城にはじめて明確に銃口、槍先が向けられるというわけである。臼杵から竹田まで直線距離で四十数キロというところ、攻めかかるのはごく容易であろう。ただし、落城させるのは朝飯まえかどうか？〕。

また薩州島津よりも竹田に相働くべき風説ありて、物見の者日向堺より入込の由聞ゆるに依って、宇目の郷士深田弾右衛門忠豊窃に郷中を巡見し、小野市村宮ヶ瀬にて、薩州物見の者二人打取る。
斯の如く臨国より、隙を伺ふ時節なれば、暫く御出馬相成りがたき処、石垣原の一件〔立石のことか？〕にて、内府公思召の程も計り難く、急に御旗本の御人数にて、臼杵へ御出馬に相極り、平右衛門、喜太郎以下の面々御呼下しのため、宗像古輔鎮行、中屋宗悦両人上方へ差立らる」

さても悠長なと思うが、人数についての事情があるのだろう。臼杵でも討たねば、家康への忠節のあらわしようがないのである。つらいところだ。

廃城の果てに「荒城の月」

九月十五日、関ヶ原合戦は家康方の勝利に終わったが、秀成は家来をもって家康に申しひらきに大苦労をかさねるとともに、国もとにおいて臼杵攻めに明け暮れ、十月の終わりのころにいたってようやく家康の疑いも晴れ、その命により臼杵城攻めも、黒田如水に肩代わりすることになった。加藤清正の薩州攻めについで出馬したが、薩州征伐もやがて家康に、それに及ばずということになり帰陣。十一月二十八日、石垣原の一件の不審も解け、関東への忠節も明らかになったからとして、中川家に臼杵御城番の沙汰が下り、

「十二月欠日中川左近長種〔四千石〕御名代として、臼杵へ罷越し黒田家より城受け取り、直ちに御城番相勤む」

これで、まず岡城は一度も攻防戦をすることなく無瑕で終わり、以後、大地震などで破損して修理するなどのことはあっても、明治五年廃城となるまでは、安永三年（一七七四）の天守（幕府への遠慮から御三階と称したそうだけれど）の建て替えなどが、もっとも大きな手入れであったのであろう。

しかし、黒田家と中川家との反目もまた徳川時代ずっとつづいたというのが、めでたからぬ関ヶ原合戦の九州における大きな不祥事といえるかもしれないのであった。

功のある家来どもの多くを、臼杵攻めで失ったことも大きい損失であろう。第四世久盛公（秀成の嫡男）は父の死後、藩主となって、大坂冬の陣、夏の陣に、またまた父が関ヶ原合戦のころに味わったような苦悩苦闘の日々を送ったのではあるまいか、と思ってその年譜をながめると、じつに安穏であるのにおどろかされ、いくらか呆然とさせられるところがあった。

まだ、秀成が藩主であった慶長十二年（一六〇七）秀成三十八歳、久盛十四歳のとき、駿府（静岡県）へ参向したが、家康がまず江戸へ行けといい、江戸で将軍秀忠に御目見えして、久盛は内膳という名をもらう。それから駿府へ行って家康に御目見えしたが、

「将軍より名を賜わりたるを祝せられ、鬼栗毛といふ御馬に厚総掛りたるを御拝領、且秀成公関ヶ原合戦の節無二の御味方たるを以て〔傍点富士。家康は言うも言うたり〕、御姪松平隠岐守定勝様の女を縁組すべき旨仰せ蒙らる」

とある。まず家康の秀成観の豹変にあきれ返らざるをえない。こいつはもう大丈夫とみてとったということであろう。

慶長十九年二十一歳。

「一、十月四日、豊臣内府秀頼公、大坂籠城の告あるにより、早々帰国し〔江戸城御普請御手伝に江戸に行っていた〕御下知に応じ、出陣致すべき旨台命を蒙らせられ江戸御発駕」

「一、六日、駿府にて、

大御所御目見あり、早く豊後に下り人数を催し、御一左右相待つべき旨仰せ蒙られ、駿府御暇御帰城せらる」

「一、(欠月日)将軍家より大坂出陣の御下知あり、御出馬(以下略)」

「一、(欠月日)大坂御着、天満口御在陣」

「一、十二月将軍家、豊臣家と御和睦に付、大坂在陣の諸大臣一同、御暇下され御帰陣」

慶長二十年二十二歳。

「一、四月(欠日)将軍家、豊臣家御和睦破れ、再び大坂へ御出馬」

「一、五月(欠日)大坂落城の旨、御船中にて御聴、大坂御着、直に京都御参向」

「一、十三日、二条御城にて将軍へ御目見、遠国にて此度御合戦に御遅参御無念の段、寺沢志摩守広高様一同仰せ上らる」

なんと、戦に遅刻して、さほどのとがめもなかったものとみえる。久盛は秀成の百分の一の苦悩も苦慮も苦労もない。やはり、岡城も、秀成時代が花であったのかもしれない。つぎの花は廃城になってのち、滝廉太郎の作曲「荒城の月」となって人びとに歌われたことであろう。

『土芥寇讎記』という徳川家の隠密のごときもので元禄時代にまとめたらしい調査書があるが、さすが泰平の世で、岡城の中川家も、六世久恒の代で、その人物評をみると、

「久恒、文武ヲ嗜ム沙汰ナシ〔武勇になりひびいた中川家も秀成曾孫の代になると、もうこうなっているのである。将軍家も同じようなことだ〕。才智ト云ヘドモ、奸智トスベキカ。大ヒニ諂手之アル人ト云ヘリ。猿楽ヲ好ミ、女色、遊山ヲ宗トスト聞フ。去ドモ行跡静ニ、悪事アル叓ヲ聞カズ。家民ヲ憐ムニモ非ズ。又稠シクモナシ。大抵也〔世間なみということ〕曾テ奢ノ躰

ナシト云ヘドモ、畢竟生得悋嗇ナル故ト聞フ。女色ニハ、奢モ弊モアリ。然レドモ害ヲナス程ニハ非ズ」

藩主も藩主かしれないが、この隠密の人物評も、さすが元禄でだらけきった千鳥足でなにがどうというのか、キッパリした断言がない。城というものも、泰平ではどうにもならぬ無用の長物か、美術のかたまりであるか、すばらしく巨大な手のかかる官庁といったものであったのだろう。城はまあ戦争のものなのだから、その輝くのは戦乱ぶくみにおいてだろう。

岡城はこうして、秀成のときにおいて光をふくみ（発するところまではいかなんだ）、会津城は落城において光り輝いたというわけである。城の建築をとっぱらわれてのち、石垣のみでかぐわしくにおっているとは、岡城はなんという城なのだろう。穴太の技術のゆえに、月の光も美しく照りそう名誉のまぼろしの城というべきかもしれぬ。

日本名城紀行 1

第1巻は森敦、藤沢周平、円地文子、杉浦明平、飯沢匡、永岡慶之助、奈良本辰也、北畠八穂、杉森久英の9名が個性豊かに描く日本各地の名城紀行。

日本名城紀行 2

第2巻は更科源蔵、三浦朱門、土橋治重、笹沢左保、陳舜臣、藤原審爾、江崎誠致、戸川幸夫、大城立裕の9名が個性豊かに描く日本各地の名城紀行。

女人追憶 3

富島健夫

昭和24年春、真吾の通う高校は女学校と合併して共学となる。意外なことに高校三年生の真吾の心をとらえたのは、女生徒ではなく知的な新任女教師の香原美津だった。

女人追憶 4

富島健夫

大学進学を機に上京した真吾は、賄い付き下宿の金沢荘に入居する。金沢荘には一人娘で性に奔放な高校生のアキがいた。遊び慣れていたはずのアキだったが、やがて真吾の性技に夢中になる。

P+D BOOKS ラインアップ

（お断り）

本書は１９８９年に小学館より発刊された「日本名城紀行」シリーズを底本としております。あきらかに間違いと思われるものについては訂正いたしましたが、基本的には底本にしたがっております。

また、底本にある人種・身分・職業・身体等に関する表現で、現在からみれば、不当、不適切と思われる箇所がありますが、著者に差別的意図のないこと、時代背景と作品価値とを鑑み、原文のままにしております。

日本名城紀行 5

Classic Revival

2018年6月18日　初版第1刷発行

著者　今 官一、黒岩重吾、井出孫六
藤本義一、南條範夫、田中澄江
豊田有恒、富士正晴

発行者　清水芳郎

発行所　株式会社　小学館
〒101-8001
東京都千代田区一ツ橋2-3-1
電話　編集　03-3230-9727
販売　03-5281-3555

印刷所　中央精版印刷株式会社

製本所　中央精版印刷株式会社

装丁　おおうちおさむ（ナノナノグラフィックス）

ISBN978-4-09-353111-5